SOCRATE

OU

L'IMMORTALITÉ DE L'AME,

POÈME DIDACTIQUE

DÉDIÉ

A N. St-P. L. Pape **PIE IX.**

Par Lucien CHARBONNEL,

Auteur du Poëme sur les Guerres d'Italie, dédié à Napoléon III,
Empereur des Français.

A 1854.

Jour de l'an que l'on hait et janvier qu'il allonge,
De tous les faux amis tu dores le mensonge ;
Que de discours brillants ourdissent les démons,
Que de baisers, Judas, donne avec les bonbons.

Se vend chez l'Auteur,

Rue du Delta, N° 15.

PARIS,

IMPRIMERIE DE POLLET,

RUE SAINT-DENIS, N° 331, AU COIN DU PASSAGE DU CAIRE.

1854.

ERRATA.

Page 44. — Ligne 3. — *Lisez* Licon *au lieu de* Clyton.

Page 83. — Ligne 6. — *Lisez* Sommeil *au lieu de* Soleil.

A la Dédicace, à la fin, *lisez* ambitionner *au lieu* d'ambitonner.

Page 60, au 16ᵉ vers, *lisez* parait *au lieu de* partait.

Extrait du Décret de Juillet 1791,

Concernant les Contrefacteurs et débitant d'éditions contrefaites.

Du 19 Juillet 1793.

Art. 4. — Tout contrefacteur sera tenu de payer au véritable propriétaire une somme équivalente au prix de trois mille exemplaires de l'édition originale.

Art. 5. — Tout débitant d'édition contrefaite, s'il n'est pas reconnu contrefacteur, sera tenu de payer au véritable propriétaire une somme équivalente au prix de cinq cents exemplaires de l'édition originale.

Art. 6. — Tout individu qui s'approprierait en son nom un manuscrit ou brochure, ou même une pièce de vers, serait poursuivi devant les tribunaux, s'il les faisait imprimer en son nom.

Deux exemplaires de cet ouvrage ont été déposés à la Bibliothèque impériale : donc, les lois, nous en garantissent la propriété.

Signature de l'Auteur,

PRÉFACE DE L'ÉDITEUR.

L'Auteur du poême héroïque sur les **Guerres d'Italie** sous Napoléon I⁰ʳ, a reçu l'approbation de quelques hommes lettrés et même de journalistes très distingués.

Le Pays (journal de l'Empire), du 9 février 1853, s'exprime avec justice en ces termes :

« Nous venons de lire un poême héroïque sur les campagnes d'Italie sous Napoléon I⁰ʳ. (Se vend **rue Lamartine, N° 22.**) L'auteur, M. **CHARBONNEL**, a su allier dans cet ouvrage toutes les grâces de la poésie à la sévérité de l'histoire, et l'inspiration du poète y relève partout les détails imposés à l'historien. »

Vérité incontestable ; car cet ouvrage de M. Charbonnel est le seul poême guerrier que nous ayons d'un auteur français, et il a suivi le même plan que celui du Tasse dans la *Jérusalem délivrée*, et de Virgile dans l'*Enéide.*

L'accueil favorable du premier ouvrage nous engage à offrir au public un second poême didactique intitulé **Socrate** ou **l'immortalité de l'âme,** ouvrage recommandable par la vérité des conversations mémorables qui existèrent entre le divin Socrate et ses amis et disciples. Il mérite d'être lu par les amateurs de la belle poésie qui ne mourra jamais parmi les hommes de goût.

SOCRATE

OU

L'IMMORTALITÉ DE L'AME,

POÊME DIDACTIQUE

DÉDIÉ

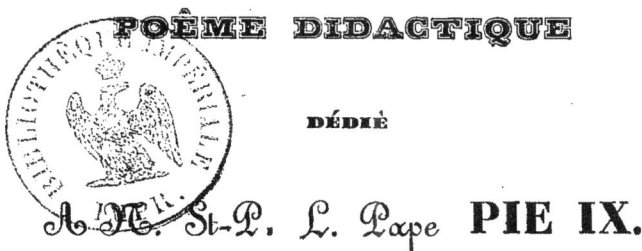

A M. St-P. L. Pape **PIE IX.**

Par Lucien CHARBONNEL,

Auteur du Poëme sur les **Guerres d'Italie,** dédié à Napoléon III
Empereur des Français.

PARIS,

IMPRIMERIE DE POLLET,

RUE SAINT-DENIS, N° 331, AU COIN DU PASSAGE DU CAIRE.

—

1853

DÉDICACE.

Mon Vénérable Père ;

Lorsque je prends la liberté d'offrir au Premier Ministre de Dieu , la dédicace de mon Poëme, loin de moi la pensé d'ajouter quoi que ce soit à son jugement et à ses vastes lumières ; car quand on a l'esprit grand, on n'a pas besoin des entretiens mémorables du divin Socrate.

Un Pontife, qui a constamment travaillé à cultiver sa raison, trouve en lui-même toutes ses connaissances ; et l'on est heureux de voir ses lumières rehaussées et ennoblies par une vertu inaltérable qui est l'exemple de notre siècle.

J'ose supplier notre Saint Père le Pape, de vouloir bien agréer ce faible Poëme, et permettre qu'il paraisse sous ses auspices ; c'est la plus douce gloire que je puisse ambitonner.

Je suis, avec le plus profond respect,

Mon Père,

De votre Sainteté, le très-humble et très-dévoué serviteur,

L. A. CHARBONNEL.

PRÉFACE DE L'AUTEUR.

L'athée, si toutefois il en existe, est un être isolé au milieu des êtres, et qui ne tient à rien; ni au passé, qui est pour lui un problême; ni à l'avenir, dont il a perdu l'espérance et les consolations; ni au présent lui-même dont il ne saurait expliquer le mystère. C'est un être enfin qui a osé dire, s'il a pu le penser : Il n'y a pas de Dieu!

Ne me demandez pas qui l'a poussé à cette épouvantable folie; car je craindrais de dévoiler ici d'infâmes secrets, d'étranges turpitudes. Il vous suffit de savoir que l'athée et le renégat ne croient pas à ce que vous croyez, à ce que l'honnête homme croit, et qu'ils sont élevés au-dessus de toutes espèces de superstitions, comme ils les appellent; qu'ils s'imaginent être libres enfin, les malheureux, quand ils ne sont qu'insensés. (Pour le renégat.)

Voulez-vous lui parler du témoignage des sens ? selon lui, ils se trompent; du témoignage de l'intelligence? selon lui, elle s'égare ; du témoignage de tous les hommes ? selon lui, ils s'abusent.

Mais le spectacle magnifique de l'univers, cette harmonie éloquente de tous les êtres, qui, selon le langage du prophète, raconte si puissamment la gloire du Très-Haut, ne dit rien à ses yeux, ne parle pas à son cœur. Esprit fort et sublime, il sait tout expliquer sans Dieu ; il est vrai que ses explications sont obscures, mystérieuses, incompréhensibles ; mais qu'importe ? il dévorerait cent mystères pour en nier un seul ! Pour lui le monde est du hasard, divinité aveugle et inintelligente dont il se con-

tente ; pour lui l'idée innée d'un être nécessaire et infini ,
d'une cause première , d'une intelligence souveraine, est
le fruit impur de sa mauvaise éducation.

Enfin, pour soutenir son affreuse impiété, il n'est rien
dont il ne trouve au besoin la cause et l'origine; mais,
chose étrange! en voulant repousser toute croyance, en ne
voulant admettre que sa seule raison , le renégat se montre
à la fois le plus irraisonnable et le plus crédule des hommes.
Effet secret de la justice divine : il a osé chasser Dieu de
son esprit et de son cœur, et il en a banni en même temps
cette lumière naturelle qui éclaire tout homme venant en
ce monde. Il a voulu marcher sans l'Être-Suprême, et, en
quittant sa main providentielle , il s'est trouvé en ce
monde comme dans un désert immense et ténébreux, sans
savoir d'où il venait, où il était , et vers quelle fin il ten-
dait ? C'est ainsi que, même en ce monde, l'impiété reçoit
son châtiment.

L'athée est celui qui ne reconnaît pas de Dieu; par consé-
quent il ne croit ni à la religion , ni à la morale. La
vertu , pour lui, n'est qu'un nom , une chimère, rêve des
esprits faibles. Donc, Dieu n'existant pas pour lui, il ne peut
craindre sa justice ; il ne craint que la justice des hommes,
et toutes les fois qu'il croira pouvoir l'affronter impuné-
ment , il commettra sans remords les crimes les plus
énormes. On voit d'après cela que la religion du Christ
en faisant de tous les hommes autant de frères, peut s'ap-
peler et est véritablement divine. C'est pourquoi on admi-
rera toujours ce beau vers de Voltaire :

« Si Dieu n'existait pas, il faudrait l'inventer. »

Et pourtant Voltaire dit aussi, que l'homme ressemble
au chien : que quand il est mort, chez lui tout

est mort. On connaît la réponse spirituelle que lui fit une grande dame en entendant ces étranges paroles :

« Ah! Monsieur de Voltaire, je ne me serais jamais doutée que vos ouvrages qui font l'admiration des gens d'esprit, fussent d'une bête. »

Malheur! cent fois malheur à ceux qui n'ont pas l'espoir d'une autre vie.

Quand l'homme vient au monde, il se réjouit au sein de sa mère; et, quand il perd la vie son dernier espoir est en Dieu!

AVANT-PROPOS.

Pour initier mes lecteurs dans la vie morale et tragique d'un grand philosophe, je leur reproduis quelques fragments des entretiens mémorables de Socrate avec ses disciples.

Mon poëme n'embrasse que sa vie tragique, c'est-à-dire l'époque de son jugement et celle de sa mort dans sa prison ; cette dernière partie de sa vie est la plus malheureuse et la plus glorieuse dès qu'il meurt innocent.

Voici ce qu'en a dit Bernardin de Saint Pierre :

« Le plus sage des Grecs s'était fait beaucoup d'ennemis parmi les superstitieux et les athées, en soutenant l'existence d'un seul Dieu, fut condamné sur l'accusation de Mélitus, prêtre de Cérès, et par Lycon, sophiste. »

» L'accusation était conçue en ces termes : Mélitus, fils de Mélitus du peuple de Pithos, accuse Socrate, fils de Sophronique du peuple d'Alopécé.

» Socrate fut condamné par des juges tirés de toutes les tribus qui composaient la Grèce. Ainsi, tous les entretiens mémorables de Socrate sont affirmés véridiques et attestés par les témoignages de Platon, de Plutarque et de son ami Xénophon. »

Mais, pour rentrer dans mon sujet, pourquoi, dis-je, les disciples de Socrate l'appelaient-ils divin?... c'est que depuis cinq mille cinq cents ans, avant lui, que la terre nourrissait des hommes, jamais l'on n'avait vu ni entendu mortel s'exprimer avec autant de justesse et de netteté, tout en montrant une probité à toute épreuve.

Dans l'art de la parole il y a un point de perfection à

atteindre qui n'appartient guère qu'à celui qui le sait,
le sent et l'aime, c'est le fruit d'une longue étude et
d'un goût parfait.

Je citerai pour exemple Homère, dans son *Iliade;*
Virgile, dans ses *Géorgiques* et dans l'*Enéide ;* le Tasse,
dans sa *Jérusalem délivrée ;* Horace, dans ses *Odes.*
Pétrarque et Dante, comme eux, ne sont au-dessus des
grands génies que parce qu'ils ont eu, ainsi que Socrate, de
sublimes pensées, et aussi bien rendues par une combinai-
son et par un dénouement plus fin, mieux cousu, plus net.
Qui est-ce qui le leur avait appris? si ce n'est ce fameux
philosophe qui vivait cinq cents ans avant Jésus Christ?
Je ne doute pas que d'autres hommes célèbres, avant lui,
n'aient eu déjà de grandes lumières tels que Homère,
Sophocle; mais, comme philosophe et moraliste, Socrate
est demeuré le père de la philosophie et l'exemple par
excellence des bonnes mœurs. Socrate n'est donc pas l'in-
venteur de la bonne morale, car Aristide avait été juste
avant Socrate; de même que Léonidas était mort pour sa
patrie avant lui.

On admira toujours la sublime philosophie d'Aristote,
qui s'étendit sur tout ce que peut embrasser l'esprit humain, depuis l'éloquence jusqu'à la poésie, et tout en nous
enseignant l'art d'étudier la nature en elle-même. Aussi,
un savant a-t-il dit quelque part, qu'Aristote semble n'avoir
écrit que pour les savants ; Pline, pour les philosophes;
M. de Buffon, pour tous les hommes éclairés.

Pierre Corneille est le poète le plus élevé par la grandeur
de l'âme; car son génie, ses héros, tout est grand et divin.
Les Romains, sous sa plume, nous semblent être des dieux
ou des géans. Oh! que Rome est encore grande et belle
avec ses Scipions, ses Pompées, et ses Césars !.

De même aussi Racine n'est-il pas le plus pur de nos poètes et celui que l'on peut comparer à Virgile ?... Oh ! sublime Racine, combien Joas nous touche sur la première marche du trône, appuyé sur son vénérable parent, le grand pontife, qui tous les deux sont remplis du Dieu qui les inspire. Quelle pureté de langage ! Ce n'est plus une fable ; c'est une famille divine, déchue de la couronne, qui vient reprendre ses droits et venger leurs aïeux par un dénouemeut qui leur livre la coupable usurpatrice attirée pour exterminer les précieux restes de leurs victimes, afin de dormir en paix sur son trône de sang !

Mais, en parlant de Corneille et de Racine, je ne saurais passer sous silence ce que le fameux Fontenelle en a dit :

Corneille et Racine jugés par Fontenelle, neveu de Corneille.

« Corneille n'a eu devant les yeux aucun auteur qui ait pu le guider ; Racine a eu Corneille. — Corneille a trouvé le théâtre français très-grossier, et l'a porté à un haut point de perfection ; Racine ne l'a pas soutenu dans la perfection où il l'a trouvé.

» Les caractères de Corneille sont vrais, quoiqu'ils ne soient pas communs ; les caractères de Racine sont vrais, parce qu'ils sont communs. Quelquefois les caractères de Corneille ont quelque chose de faux à force d'être nobles et singuliers ; souvent ceux de Racine ont quelque chose de bas à force d'être naturels.

« Quand on a le cœur noble, on voudrait ressembler aux héros de Corneille ; et quand on a le cœur petit, on est bien aise que les héros de Racine nous ressemblent.

« On rapporte des pièces de l'un le désir d'être ver-

tueux, et des pièces de l'autre le plaisir d'avoir des semblables dans ses faiblesses.

« Le tendre et le gracieux de Racine se trouvent quelquefois dans Corneille ; le grand de Corneille ne se trouve
jamais dans Racine. — Racine n'a presque jamais peint que
des Français et que le siècle présent, même quand il a
voulu peindre un autre siècle et d'autres nations ; on voit
dans Corneille toutes les nations et tous les siècles qu'il a
voulu peindre.

» Le nombre des pièces de Corneille est beaucoup plus
grand que celui des pièces de Racine, et cependant Corneille s'est beaucoup moins répété lui-même que Racine
n'a fait.

» Dans les endroits où la versification de Corneille est
belle, elle est plus hardie, plus forte, plus noble et en
même temps aussi nette que celle de Racine : mais elle ne
se soutient pas dans ce degré de beauté, et celle de Racine
se soutient toujours dans le sien.

» Des auteurs inférieurs à Racine ont réussi après lui
dans son genre ; aucun auteur, même Racine, n'a osé
toucher après Corneille au genre qui lui était particulier. »

Nous supposons qu'après avoir étudié ces hommes sublimes et illustres qui se sont immortalisés chacun en leur
genre, Voltaire a dû se dire : Je ne pourrai mieux faire
qu'eux, mais je les surpasserai par le dénouement tragique
de mes pièces ; elles seront plus théâtrales, et par cela
même je les égalerai.

La Henriade est bien riche de poésie, car Voltaire est
celui qui, selon nous, se rapproche le plus d'Homère, sous
ce rapport. Mais, en parlant de ce grand génie, il serait à
désirer qu'un habile éditeur rassemblât toutes ses poésies
légères dans un volume, en ce que Voltaire est, dans ce

genre léger, ce qu'est La Fontaine dans ses fables, quoique
le grand fabuliste fût oublié, peut-être avec intention, par
le législateur du Parnasse français (Boileau), qui ne le loua
pas. Est-ce parce qne Louis XIV faisait peu de cas de
ses apologues, et qu'il les traitait d'enfantillages, d'autres
disent de niaiseries ? Il ne fréquenta pas la cour ou très-
peu ; il n'eut pas le titre flatteur de grand homme; mais
il eut le titre qui dût être pour lui mille fois plus flatteur,
celui de *bon La Fontaine*, qu'il reçût pour prix de sa
franche et naïve gaité, car ce grand génie faisait partie
de certains hommes d'un talent extraordinaire qui ont
atteint la haute période des sciences, chacun en leur genre,
et qui sont restés pour ainsi dire inimitables, tel est Jean-
Baptiste Rousseau dans ses belles odes ; car il n'est guère
que Parny, dans ses poésies érotiques et légères, qui se
rapproche des deux auteurs déjà cités.

Puisque nous en sommes sur la poésie, passerons-nous
sous silence le grand Molière ? Qui mieux que lui sut déri-
der les fronts, tout en corrigeant les vices; qui mieux que
lui devina et surprit la nature en fouillant dans les plis
de nos cœurs, et qui en sut corriger les ridicules tout en
nous faisant rire, tout en sapant l'hypocrisie du faux dévot
et la sordide rapacité de l'usurier, et l'air stupide du fat et
du pédant parvenu ?... Ne fit-il pas baisser l'oreille jusqu'à
l'ignorant fashionnable? C'est en attaquant tous les travers
de la société, qu'il parvint à changer les mœurs hi-
deuses de son siècle ; aussi l'ignorance et le fanatisme
voulurent le déshonorer après sa mort.

Et si l'on voulait parler de quelques savants qui ont le
plus contribué à notre civilisation, oublierait-on Boileau,
Buffon, Laharpe?... Ne sont-ils pas aussi restés, dans leur
genre, inimitables?

Mais pour en revenir à Socrate, si grand raisonneur et si fin prosateur par la justesse de ses sublimes pensées, lui dont le nom est devenu immortel sans avoir laissé aucune œuvre écrite de sa main, puisque les morceaux de prose que j'offre à lire, sont ce que ses amis en ont recueilli et rassemblé en ordre dans leur langue.

Je pense que s'il fallait comparer Socrate à nos fameux prosateurs français, on citerait J.-J. Rousseau, Bossuet, Larochefoucault, Labruyère, Fénélon, Massillon, Châteaubriant, etc., ne retrouvons-nous pas que ces beaux génies modernes ont puisé dans les anciens tous ces torrents de lumières par la manière spirituelle et naïve avec laquelle ils ont dit de si belles choses !

Aussi, il nous semble que l'étude qu'en a faite l'abbé Delille, en traduisant les *Géorgiques*, l'*Enéide*, le *Paradis perdu* et autre ouvrages, a plus enrichi notre langue que les plus belles tragédies de nos poètes du moyen âge.

Que d'hommes savants ont admiré comment les ennemis de Socrate ont pu le présenter au peuple comme un criminel d'état !

Il ne révérait point les Dieux de la Grèce ! Quelle était la preuve de cette imputation ? lui qui faisait des sacrifices ; on ne pouvait l'ignorer : il en offrait souvent dans l'intérieur de sa maison et même sur les autels publics.

Quelle était donc leur accusation ?

Socrate est coupable, disaient-ils, car il ne croit point aux dieux que révère la république, et il introduit de nouvelles divinités. Il est coupable, car il corrompt la jeunesse. Mais se cachait-il, quand il avait recours à la divination ? Il disait et tout le monde répétait qu'il était inspiré par un Être suprême. C'est ce qui a le plus contribué à le faire accuser d'introduire de nouveaux dieux.

Le vulgaire dit qu'il est excité ou retenu par les rencontres qui lui sont offertes, par les oiseaux dont il observe le vol. Mais ce n'était pas ainsi que le philosophe s'exprimait : il pensait et même disait qu'un être supérieur daignait l'inspirer.

Mais quelles sont les nouveautés qu'on pourrait lui reprocher? Qu'a-t-il fait? Ce que font tous ceux qui croient à la divination ; ils consultent le vol des oiseaux, ils observent les présages, ils interrogent les entrailles des animaux. Pensent-ils que le premier homme qu'ils rencontrent soit instruit de ce qu'ils cherchent à savoir? Non, mais ils croient que les Dieux eux-mêmes leur envoient ces signes de leur volonté, et voilà le sentiment de Socrate à cet égard.

On n'imaginera pas qu'il eût voulu passer devant ses amis pour un imbécile ou même un imposteur; mais, dans cette persuasion, en qui pouvait-il mettre sa confiance, si ce n'était en Dieu? Et, d'un autre côté, s'il donnait sa confiance aux Dieux, comment pouvait-il croire qu'ils n'existaient pas? Cependant Socrate eût été convaincu de fourberie après avoir soutenu qu'il était inspiré par un Dieu. De quelle manière aurait-il évité l'un ou l'autre de ces reproches? Et, en un mot, puisqu'il osait prédire l'avenir, il est certain qu'il croyait dire la vérité ; et pourtant, disons-le, il engageait ses amis à suivre ses lumières dans les choses indispensables ; mais, dans les entreprises dont l'évènement est toujours incertain, il les envoyait consulter les oracles. L'art de la divination, disait-il, est nécessaire pour bien administrer un état.

L'architecture, la sculpture, l'agriculture, la politique, la science des calculs, l'art de commander des armées, et enfin toutes ces connaissances ont leur but et leur principe ; mais , dans tout ce qu'il y a de plus important, les Dieux se le sont réservés, et nous ne pouvons y trouver que l'obscurité la plus impénétrable. En effet , on peut planter un verger sans savoir qui doit en recueillir les fruits ; de même qu'un architecte saura donner à son édifice les plus belles porportions , sans pouvoir dire qui doit l'habiter. Ce général sait combattre à la tête d'une armée , sans être assuré de gagner la bataille ; de même qu'un grand politique connaît très-bien les principes d'un gouvernement , mais il ignore s'il pourra se féliciter un jour d'avoir tenu les rènes de l'état ; de même qu'un jeune homme épouse une belle femme qui lui promet de goûter auprès d'elle la félicité parfaite, elle ne lui causera peut-être que des tribulations. Un autre se berce des plus brillantes espérances parce qu'il vient d'entrer dans l'alliance des hommes les plus puissants de la république, il ne prévoit pas qu'ils le feront exiler un jour. On peut affirmer que toute la vie entière de Socrate s'est écoulée sous les yeux des hommes. Le matin il allait à la promenade et sur les places publiques ; il se montrait aux heures d'exercice ; il y allait au moment où le peuple s'y rendait en foule, et il passait toute la journée au milieu des nombreuses assemblées. Là , le plus souvent il parlait. Lui a-t-on jamais vu faire ni entendu dire rien de suspect ou d'impie ?

Socrate regardait comme une folie de ne pas reconnaître, dans les évènements, une Providence divine, et de les soumettre à l'intelligence humaine ; mais il ne trouvait pas moins insensé d'aller consulter les oracles sur des choses que les Dieux nous ont permis d'apprendre et dont nous pouvons juger par nous-mêmes. Comme si l'on pouvait s'aviser de demander à la Divinité si l'on doit faire conduire son char par un cocher habile ou maladroit, ou si l'on confiera son vaisseau à un bon ou à un mauvais pilote.

Il taxait d'impiété la manie d'interroger les Dieux sur ce qu'on peut aisément connaître en prenant la peine de calculer, de mesurer, de penser. Commençons par prendre ce que les Dieux nous ont accordé de savoir, et consultons-les sur ce qu'ils nous ont caché, puisqu'ils se communiquent à ceux qu'ils favorisent. Tous ses amis savent qu'il n'avait pas la manie si commune d'embrasser dans ses leçons tout ce qui existe et de rechercher l'origine de ce que les sophistes appellent la nature, et de remonter aux causes premières qui ont donné naissance aux corps célestes. Il prouvait qu'il faut avoir perdu l'esprit pour se livrer à de semblables spéculations.

Socrate nous disait un jour :

« J'admire surtout l'aveuglement de ces faux sages qui ne sentent pas que l'esprit humain ne saurait pénétrer ces mystères. Ces gens là croient donc avoir épuisé tout ce qu'il importe à l'homme de savoir, puisqu'ils s'occupent de ce qui l'intéresse si peu, ou pensent-ils qu'il nous soit permis d'abandonner les choses que les Dieux ont voulu nous soumettre pour approfondir les secrets qu'ils se sont réservés ?

Aussi ceux qui se piquent d'en parler le mieux sont bien loin de s'accorder entr'eux sur leurs principes. Qu'on les voie ensemble, on se croirait dans une assemblée de fous. Quels symptômes en effet remarquons-nous dans les malheureux atteints d'aliénation ? S'ils redoutent ce qui n'a rien de terrible et ne craignent rien de ce qui est vraiment à craindre. Il en est de même de ces prétendus philo-

sophes ; les uns croient qu'il n'y a pas de honte à tout
dire, à tout faire en public ; les autres ne permettent pas
même d'avoir aucun commerce avec les hommes ; ceux-ci
ne respectent ni temples, ni autels et rien de ce que nous
regardons comme sacré ; ceux - là révèrent les troncs
d'arbres, les pierres et jusqu'aux animaux.

Dans leurs recherches sur les objets de la nature, les
uns se figurent qu'il n'existe qu'une substance et les autres
que le nombre des substances est infini. Celui-ci soutient
que toutes les parties de la matière sont dans un mouvement continuel, et celui-là qu'il n'y a pas même de mouvement ; ici on vous prouvera que tout naît et périt, et là
qu'il ne peut y avoir jamais de naissance ni de destruc-
tion.

Mais, dites-moi, Messieurs, quand nous avons appris
quelque métier, nous nous croyons en état de l'exercer
ensuite pour notre usage, ou tout au moins pour les personnes que nous voulons obliger ; en est-il de même de
ces scrutateurs de la nature?... Eux qui connaissent si
bien les causes de toutes choses, croient-ils aussi pouvoir
faire à leur gré de la pluie, des vents et de la neige, des
saisons ou d'autres semblables merveilles, dont ils peuvent avoir besoin? Ils n'osent se flatter de tant de puissance ; ils ne savent rien faire de tout cela : il leur suffit
d'admirer comment tout cela se fait.

Xénophon rapporte ceci :

Socrate avait fait serment, en qualité de sénateur, de ne
juger que conformément aux lois (*).

(*) C'était la plus puissante magistrature, mais on ne pouvait
en jouir qu'une fois dans sa vie. — L'épistate avait les clés du trésor
et de la forteresse.

Elevé ensuite à la dignité d'épistate, mais pressé par le peuple de condamner à mort, contre la loi, Trasyle et Erasinide et sept autres capitaines, il refusa constamment de porter le décret. Les grands menacèrent; le peuple s'emporta contre lui, mais il aima mieux garder son serment que de complaire à la multitude, et d'appaiser, par une injustice, les hommes puissants qui se flattaient de le faire trembler. C'est qu'il n'avait pas sur la Providence les idées du vulgaire, qui pense que plusieurs choses sont connues des dieux et que d'autres leur échappent. Il était persuadé que les dieux voient toutes nos actions, entendent tous nos discours, et pénètrent jusque dans les profondeurs de nos plus secrètes pensées; qu'ils sont partout et font, en toute occasion, connaître leurs volontés aux hommes. Et les Athéniens ont pu se persuader qu'il avait sur la Divinité des idées condamnables, lui qui n'avait jamais rien dit, rien fait qu'on pût soupçonner d'impiété. On adorerait, après Dieu, un homme qui penserait, qui agirait comme lui.

Et enfin, il parlait de ces vaines spéculations, content de s'entretenir des choses qui sont à la portée de l'homme; il examinait ce qui est honnête ou honteux, ce qui est juste ou injuste. Il recherchait ce que c'est que la sagesse et la folie; ce qui constitue la valeur et la pusillanimité; ce qu'est la société en général, et quel est celui qui en connaît les principes; ce que c'est que le gouvernement, et comment on se rend digne d'en tenir les rênes. Tels ou de semblables objets occupaient seuls sa pensée; il accordait le titre d'homme honnête et vertueux à ceux qui s'en étaient fait une étude, et rejetait au sein des esclaves ceux qui les avaient négligés.

Que ses ennemis et ses juges se soient trompés sur ses

pensées, cela ne nous surprend pas; mais qu'ils n'aient fait aucune attention à ce que personne n'ignorait, voilà ce que nous ne comprenons pas.

Socrate ne négligeait pas les soins qu'exige de nous la nature, et était loin d'approuver cette négligence dans les autres.

Je ne suis pas moins surpris que personne ait jamais pu voir dans Socrate un corrupteur de la jeunesse. Qui fut plus que lui inaccessible aux faiblesses de l'amour, et plus ennemi des délices de la table? Qui sut mieux supporter la rigueur du froid et les chaleurs brûlantes de l'été, lui qui vivait dans la plus humble fortune? Et l'on veut qu'il ait entraîné les autres dans l'impiété, et leur ait appris à violer les lois.

Boire, manger avec excès, travailler de même, voilà ce qu'il désapprouvait; il voulait en toutes choses la modération; ce régime est salutaire à la santé et entretient les facultés de l'esprit. Dans ses vêtements, de même qu'en sa maison, il était très éloigné de la délicatesse et encore plus de l'ostentation. Pouvait-on lui reprocher d'avoir inspiré l'avarice à ses amis, quand il les guérissait de toutes sortes de passions? Il ne connaissait pas l'avarice, puisqu'il ne prenait rien pour les leçons qu'il leur donnait; voilà un bel exemple de désintéressement et le moyen infaillible de conserver devant ses amis sa liberté. « Mes conversations sont gratuites, donc, je puis les interrompre à mon gré. Je ne réclame que l'amitié de mes élèves pour prix de la vertu que je leur enseigne. »

SOCRATE disait souvent :

Si je ne promets rien à mes élèves, c'est afin de leur prodiguer beaucoup; fasse le ciel qu'ils s'aiment entr'eux

comme des frères, et qu'ils conservent pour moi une tendresse véritablement filiale. Je me trouverai payé à bonne
usure : voici mes vrais biens d'ici-bas.

XÉNOPHON.

Hélas ! que doit-on penser quand son accusateur disait
publiquement qu'on apprenait dans son école à mépriser
les dieux et les lois reçues.

SOCRATE.

N'est-ce pas une absurdité qu'une fève décide quels seront les chefs de la république ! Qui oserait confier son
vaisseau à un pilote tiré au sort? A-t-on recours au sort
pour choisir un joueur de flûte, un architecte ou d'autres
artistes dont les fautes seraient bien moins dangereuses
que celles des magistrats ?

XÉNOPHON.

Mais son accusateur ne manquait pas d'incriminer Socrate et de dire que c'était par de semblables discours qu'il
échauffait l'esprit des jeunes citoyens, qu'il les rendait
violents tout en leur inspirant le mépris pour les hommes
qui sont à la tête de la république.

Hélas! si l'on donne quelque crédit à cette imputation,
qu'on traite aussi de brouillons tous les sages qui se croient
capables d'éclairer les autres sur leurs véritables intérêts;
mais ils savent trop bien que la rigueur et la violence n'en-
gendrent que des haines et font marcher l'Etat vers sa
ruine, tandis que la persuasion n'inspire que la bienveillance et ne peut jamais être dangereuse.

SOCRATE disait :

Nous ne haïssons l'homme violent que parce qu'il nous
ravit nos droits; mais nous aimons nos bienfaiteurs parce

qu'ils nous les garantissent. Non, ce n'est pas le sage, c'est le puissant dépourvu de lumière qui a recours à la violence; qui, pour faire approuver son crime, cherche et trouve un grand nombre de complices, tandis que pour persuader la vérité, il n'en faut aucun. Car celui qui croit avoir assez de ressources en lui-même pour dominer sur les esprits, n'ensanglante pas ses mains : voudrait-il se défaire d'un homme qu'il est de son intérêt de conserver, puisque la douce persuasion vient le lui rendre utile?...

L'ACCUSATEUR DE SOCRATE.

Mais Critias (*), mais Alcibiade (**), ont eu des liaisons avec Socrate, n'ont-ils pas fait le plus grand mal à la république? Car on ne vit point dans le temps de l'oligarchie athénienne d'homme plus méchant, plus avare que Critias, ni dans la démocratie d'homme plus violent, plus débauché et plus insolent qu'Alcibiade.

XÉNOPHON.

Tous les ennemis de Socrate n'ignoraient pas qu'il demeurait étranger à toute espèce de volupté, était en même temps très pauvre et fort content de son sort; mais ils n'ignoraient pas aussi que, par le talent de la parole, il tournait à son gré ceux qui conversaient avec lui.

J'en reviens à Alcibiade et à Critias. Je suis loin d'entreprendre l'apologie de leur conduite; je ferai seulement observer le genre de rapport qu'ils avaient avec Socrate.

C'étaient bien les deux hommes les plus ambitieux d'Athènes; ils auraient voulu effacer la gloire de leurs con-

---

(*) C'était l'un des trente tyrans d'Athènes.

(**) Alcibiade, tant qu'il connut Socrate, ne fit point d'étourderie, d'après les hommes illustres de Plutarque.

temporains et s'emparer de toutes les affaires de la république. Mais enfin, dira-t-on, que des hommes de leur
caractère n'aient recherché Socrate que pour en acquérir
la même célébrité et la même sagesse, la même pureté de
mœurs. . . Je ne le pense pas ; ils ne voulaient gagner dans
son commerce que l'art de l'usage de la parole et celui des
affaires.

Car, pour rendre hommage à la vérité, si Dieu leur avait
donné le choix de vivre constamment comme Socrate ou
de renoncer à vivre, je suis sûr qu'ils auraient choisi la
mort.

C'est ce que leur conduite nous a prouvé plus tard ; car
dès qu'ils crurent en savoir autant que ceux qui profitaient
de ses entretiens, ils quittèrent Socrate pour s'emparer des
affaires de la république, montrant assez qu'ils n'avaient
pas eu d'autres raisons de le rechercher.

Mais à Socrate reprochera-t-on qu'avant d'enseigner à
ses disciples l'art de la philosophie et celui de gouverner
les hommes, il aurait dû leur apprendre à se gouverner
eux-mêmes. Je ne veux point combattre cette objection :
je vois que tous les maîtres, non contents d'instruire leurs
élèves dans le raisonnement de la parole, se donnent pour
exemple en leur faisant sentir qu'ils sont les premiers à
pratiquer ce qu'ils enseignent. Je sais de même qu'Alcibiade et Critias se comportaient avec sagesse tant qu'ils le
fréquentèrent ; je sais aussi que Socrate montrait en lui-
même, à ses amis, le modèle d'un sage et d'un homme parfait, et qu'il joignait à son exemple les plus belles leçons
sur les devoirs de la vertu.

SOCRATE disait souvent :

Si nous oublions les préceptes qui nous engageaient à

suivre la vertu, nous perdrons bientôt de vue tout ce qui nous la rendait chère ; mais la plupart de ces gens qui font un métier de la philosophie soutiendront que l'homme juste ne peut devenir injuste, ni même l'homme modeste insolent ; et que dans tout ce qui porte sur principes, on ne peut tomber dans l'ignorance après avoir été bien instruit. Je ne pense pas comme eux. Par l'exercice, le corps prend les habitudes qu'on veut lui faire contracter ; l'exercice n'est pas moins nécessaire à la santé de l'âme qu'à celle du corps. C'est par lui seul qu'on s'accoutume à remplir ses devoirs, et que sans peine on parvient à s'abstenir de ce qui nous est interdit. C'est encore pour cette raison que nous voyons que les pères n'osent se reposer sur le caractère heureux de leurs enfants ; car ils ont encore un très grand soin de les éloigner des sociétés dangereuses, persuadés que la fréquentation des hommes honnêtes est un des plus utiles exercices que puisse prendre la vertu, mais qu'elle se perd dans la fréquenta tion des méchants.

De même que la négligence nous fait oublier les bons principes que nous avons le mieux connus.

En parlant d'abrutissement, voyez l'homme qui s'adonne au vice ou qui se laisse enchaîner par l'amour : il n'a plus la même force pour observer ses devoirs. Je dirai aussi que plusieurs, passionnés avant d'aimer, savaient ménager leur fortune ; blessés par l'amour, ils ne le savaient plus. Je suis donc persuadé que toutes les bonnes qualités peuvent s'acquérir par l'exercice et la tempérance aussi bien que les autres. Dès que les voluptés se sont emparées de notre âme, elles lui font abjurer toute retenue et la soumettent, en esclave, aux appétits déréglés du corps.

XÉNOPHON.

Pour avoir une juste idée de la simple et belle philo-

sophie de Soerate, je vais rapporter ce que je tiens d'Hermogène, fils d'Hipponique. Mélitus avait récemment porté
l'accusation contre Socrate, quand ce sage s'entretenait de
toute autre chose que de son procès.

HERMOGÈNE.

Cher Socrate, vous devriez bien vous occuper de votre
défense.

SOCRATE.

Eh quoi ! mon ami, ne voyez-vous pas que je m'en suis
occupé toute ma vie ?

HERMOGÉNE.

Comment cela ? expliquez-vous.

SOCRATE.

Cela est facile ; en ne faisant autre chose que de
considérer ce qui est juste ou injuste ; en observant toujours la justice ; en fuyant toujours l'iniquité. Aurais-je
donc pu méditer une plus belle défense?

HERMOGÈNE.

Hélas ! encore une fois, mon ami, ne voyez-vous pas,
divin Socrate, que les juges d'Athènes ont déjà fait périr
bien des innocents et qu'ils ont absous bien des coupables?

SOCRATE.

Eh ! mais en cela que vous dirai-je? J'ai déjà voulu, mon
cher Hermogène, m'occuper d'une apologie que je pro-
noncerais devant mes juges, mon génie m'en a toujours
détourné.

HERMOGÈNE.

Ce que vous dites, m'étonne; j'en suis anéanti.

SOCRATE.

Cher Hermogène, pourquoi vous étonner si les Dieux jugent qu'il est avantageux pour moi que je finisse? Ne savez-vous pas que jusqu'au moment de mon accusation, aucun homme n'a mieux vécu, n'a vécu plus agréablement que moi? car je crois qu'on ne peut mieux vivre qu'en cherchant à devenir meilleur, ni plus agréablement qu'en sentant qu'on le devient en effet. C'est un bonheur que je n'ai cessé d'éprouver jusqu'à présent et dont je me suis rendu témoignage en interrogeant ma conscience, en fréquentant les autres, en me comparant à eux. Mes amis m'ont jugé comme moi, et je ne puis croire que ce soit par un aveuglement de tendresse, car tous les amis porteraient le même jugement sur ceux qu'ils aiment. Non, ils ne se sont pas aveuglés; mais ils ont cru qu'ils devenaient eux-mêmes meilleurs dans mon commerce. Que gagnerais-je à vivre plus long-temps? J'éprouverais peut-être tous les maux qui accompagnent la vieillesse; mes oreilles s'affaibliraient aussi bien que mon intelligence; mes yeux perdent chaque jour la qualité d'y voir juste, et, par cela même, chaque jour je deviendrai plus incapable d'apprendre et de retenir. Et les facultés dont j'ai le mieux joui, seraient les premières dont on me verrait privé. Hermogène, si je n'avais pas alors le sentiment de toutes ces pertes, ce serait déjà avoir cessé de vivre; et, si je pouvais les sentir, je traînerais la vie la plus triste et la plus malheureuse.

Mais je mourrai injustement! Eh bien! la honte en retombera sur les auteurs de ma mort. Y aura-t-il donc quelque honte à moi d'avoir été mal connu, d'avoir souffert une injustice? Je porte mes regards sur l'antiquité, et je ne vois pas que la même renommée se partage entre les auteurs et les victimes de l'injustice. Non, sans doute, les hommes, après ma mort, n'auront pas les mêmes sentiments pour Socrate et pour ses bourreaux. Ils rendront toujours témoignage que je n'ai jamais fait injure à personne, que je n'ai rendu jamais aucun homme plus méchant, et que j'ai travaillé constamment à rendre meilleurs ceux qui m'ont fréquenté.

Voilà ce qu'Hermogène et moi avons entendu de sa bouche quelque temps avant son procès; et quand il fut mis en jugement, il refusa de se défendre et ne voulut même pas que Platon prit sa défense, quoi qu'il eût fait pour le sauver, une longue plaidoirie, car il ne fut pas le seul que Socrate refusât.

Je termine mon ouvrage par un aperçu du style épistolaire et par le parallèle des belles lettres; j'en rapporte quatre qui datent de la plus haute antiquité : de Théano, femme de Pythagore, de mesdames de Sévigné et Lafayette, puis une de Racine père, etc.

ODE

SUR

NAPOLÉON - LE - GRAND,

Mort à St-Hélène.

Quand le premier soldat du monde
A l'Angleterre s'est livré,
Et, confiant, traversa l'onde
Vers un peuple dénaturé. ..
Qui du héros brisa l'épée,
Comme César fit à Pompée ?...
Le foudre, hélas ! vit ses malheurs :
Maudite est donc ma destinée !
Adieu mon fils et l'hyménée !
L'aigle attendri versa des pleurs.

Tigres, vous aggravez ses peines ;
Le traitez-vous en empereur ?
Quand vous l'accablez de vos haines,
Lui, tant de fois votre vainqueur, ...
Souvenez-vous de son armée
Et de vingt ans de renommée. . .
Tout meurt donc, hors la liberté !
La déesse est dans la poussière,
Mais l'Eternel, dans sa colère,
Punira votre iniquité.

Mais vous qui brisez sa couronne,
Un jour redoutez ses neveux :
Louis, qui dispose d'un trône,
Peut se venger de ses aïeux,
S'il se souvient de Sainte-Hélène,
Et des tyrans du capitaine
En butte aux insultes du sort !
Le nom d'Hudson-Lowe est un crime
Et sa dictature un abîme :
Bonaparte y trouva la mort !

Roc sauvage, roc homicide,
Nom sacré pour tout l'univers ;
Terre de deuil, ô terre aride
Que je révèle dans mes vers.
O jour funeste de misère !
Le Soleil voila sa lumière
Quand succomba notre Empereur,
Pensant à son fils, à la France,
Bonaparte est mort sans vengeance !
La lune en recula d'horreur.

SOCRATE

OU

L'IMMORTALITÉ DE L'AME,

POEME DIDACTIQUE

DÉDIÉ

A Notre Saint-Père le Pape,

Par Lucien CHARBONNEL,

Auteur du Poême sur les **Guerres d'Italie**, dédié à l'Empereur
NAPOLÉON III,

SOCRATE

OU

L'IMMORTALITÉ DE L'AME,

POEME DIDACTIQUE,

Par Lucien CHARBONNEL,

MELITUS.

Je te l'ai dit, Lycon, Socrate est criminel,
Rarce qu'il ne connaît qu'un Dieu seul dans le ciel :
Le poison de sa secte a corrompu la Grèce.
Ne t'étonne donc plus si la sage Déesse,
Lorsque le doux Morphée appesantit mes yeux,
Quelquefois m'apparaît, messagère des Dieux.
Cette nuit je l'ai vue, et, pâle de furie :
« Socrate est bien coupable en perdant la patrie,
Me dit-elle; qu'il meure! il mérite la mort ;
Va, rends-lui cet arrêt, car c'est l'arrêt du sort. »
Tu vois la vérité de ce terrible songe :
Socrate est un infâme, et son culte un mensonge.

ANYTUS.

Il faut en convenir, Socrate est malheureux !
Mais ce n'est qu'un impie, il méprise nos Dieux.

En perdant la jeunesse, il la rend sa complice ;
Pour en punir le traître, oui, je veux qu'il périsse !
Qu'il sache que nos Dieux des mortels sont amis.
Je t'écoute , Lycon , es-tu de mon avis ?

LYCON.

Nous disons que Thémis veut sa mort pour vengeance :
Que Socrate périsse ainsi que sa croyance ;
Non, il ne peut plus vivre : on attend le vaisseau (1) ;
S'il tient à son erreur, qu'on lui creuse un tombeau.

ANYTUS.

Pour arrêter Socrate et punir son audace,
La coupe du poison vaut mieux que la menace ;
Mais tu sais que le peuple; épris de ses discours,
Si nous le condamnons peut s'en prendre à nos jours;
Qu'il reconnaisse donc que son crime est immense,
Et nous faisons des Dieux révoquer la sentence.

MÉLITUS.

Oui, de son crime affreux qu'il fasse enfin l'aveu;
Nos Dieux lui resteront, lui seul perdra son Dieu.

---

(1) C'est-à-dire le vaisseau sacré qui résidait à Délos et dont
personne ne pouvait être puni de mort qu'il ne fût revenu dans
Athènes ; aussi Socrate fut obligé de vivre encore trente jours après
sa condamnation, par rapport aux Fêtes de Délos qui tombèrent
précisément dans ce même mois.

LICON (qui venait de sortir, rentre troublé et furieux).

Socrate est condamné ; car nos Dieux qu'il blasphême,

L'accusent d'adorer un seul être suprême ;

Qu'il appelle son Dieu le Dieu de l'univers,

Dont l'empire s'étend des cieux jusqu'aux enfers.

Et que nous font Socrate et ses croyances vaines ?

Qu'il périsse ! et la paix va régner dans Athènes.

ANYTUS, avec un reproche mêlé de pitié.

Sauveras-tu Socrate ? Il le faut, cher Lycon :

Hâte-toi de le voir dans sa sombre prison ;

Offre-lui des honneurs ainsi qu'à sa famille,

Que ton fils, s'il le faut, soit l'époux de sa fille ;

Fais comprendre à cet homme orgueilleux, entêté,

Qu'un seul mot de sa part lui vaut la liberté ;

Qu'il abjure son Dieu, soudain tombent ses chaînes.

Tâche enfin de le vaincre, il est temps : dans Athènes,

Les amis de Socrate, enflammés de courroux,

Ont tous juré, s'il meurt, de se venger sur nous.

MELITUS (reçoit des nouvelles du peuple qui jettent l'épouvante
parmi les juges).

La ville est en révolte, et le peuple infidèle

Des amis de Socrate anime encor le zèle ;

Ils cernent sa prison, et leurs cris menaçants

Arrivent jusqu'à nous : montrez-vous, Dieux puissants !

Ce terrible vieillard sent que l'orage gronde,

Et pourtant il aspire à sortir de ce monde.

Mais comment ose-t-il dire, le malheureux!

Que le grand Melitus ne sert pas bien ses Dieux!

Qu'il viole leurs lois? Injure abominable!

ANITUS (arrivant à la prison).

Il faut pourtant lui tendre une main secourable,

Et du peuple surtout redouter la fureur.

Holà! géôlier, quelqu'un.

LE GEOLIER (d'un air soumis et mécontent).

Me voilà, Monseigneur:

Vous voyez devant vous un serviteur fidèle

Prêt à vous obéir : vous connaissez mon zèle.

MELITUS.

Conduis-nous vers Socrate et change un peu tes airs.

LE GEOLIER (avec tristesse).

Il est là, Monseigneur, gémissant sous ses fers.

MELITUS.

Que son Dieu l'en délivre, et soudain le grand-prêtre

Va proclamer ce Dieu de tous nos dieux le maître.

Oui, s'il fait ce miracle, il devient son sauveur,

Et je suis de Socrate un zélé protecteur...

Je m'abuse, insensé? ce superbe génie,

En nous prêchant son Dieu, par là même renie,

Que dis-je, foule aux pieds et détruit tous nos dieux,

Oui, qu'il courbe la tête aujourd'hui devant eux ;

Sinon , il périra : c'est assez de clémence...

Mais sans doute, vaincu par sa longue souffrance,

Il voudra vivre encore et demander pardon...

LE GEOLIER.

Vous vous trompez, Seigneur ; ce vieillard juste et bon,

Plein de foi dans le Dieu qu'en son cœur il adore,

Ne le trahira pas pour vos dieux qu'il abhorre :

Je mourrai, m'a-t-il dit, comme un vil criminel ;

Mais je suis consolé, je vais revivre au ciel.

ANYTUS (avec colère).

Prends ta lampe en silence et va m'ouvrir la porte.

Mais, dis-moi, raisonneur, aime-tu mieux qu'il sorte ?

LE GEOLIER (ouvre la porte et s'écrie en voyant Socrate) :

Salut, martyr d'Athènes ! Excusez ma pitié :

Ah ! sauvez ce vieillard, au nom de l'amitié !

MELITUS.

Dans quel état, ô ciel ! voyons-nous ce grand homme !

Ne semblerait-il pas qu'il dort d'un profond somme ?

Quel air noble et divin ! quel front majestueux !

Qui dirait que c'est là l'ennemi de nos dieux !

Socrate, réponds-moi ; car le peuple s'informe

Si tu mettras enfin nos dieux à la réforme.

Reconnais ton système absurde autant que faux,
Et soudain tu verras la fin de tous tes maux.

SOCRATE.

Non, vos dieux, car telle est ma croyance profonde,
Ne sont rien : le mien seul est le maître du monde.
Laissez-moi donc en paix : il est temps de mourir;
Que ce soit tôt ou tard, ne faut-il pas finir ?
Pour vivre avec le tigre, ami, tu peux m'en croire,
La coupe du poison est bien plus douce à boire.

ANYTUS.

En pensant de la sorte, on est bien malheureux.
Reviens de ton erreur, Socrate, ouvre les yeux.

SOCRATE.

Heureux de mon savoir, flatté de mes croyances,
Je t'assure, Anytus, je n'ai plus de souffrances.
Va, l'Être que j'adore est maître des humains :
Tout est sa créature et sorti de ses mains.
Regarde dans les airs, où grondent les orages;
Là s'adressent mes vœux, mes soupirs, mes hommages.
C'est pour lui que je vis, c'est pour lui que je meurs;
Il est le Dieu des dieux, le Seigneur des seigneurs.

ANYTUS.

Fais-lui briser tes fers, et j'abjure Cybèle;
Je serai de ton Dieu le serviteur fidèle.

Tu veux donc nous donner un spectacle nouveau ?

La croyance en ton Dieu te vaudra le tombeau.

Ton exemple, Socrate, est peu digne d'envie :

Tu meurs pour l'incertain; mieux vaut garder la vie.

SOCRATE (souriant).

L'éternité me plaît : ne faut-il pas finir ?

ANYTUS.

Qui peut te l'assurer? Tu sais donc l'avenir?

SOCRATE.

Incrédule Anytus, voilà ma conscience.

ANYTUS (avec ironie).

Eh! qui t'a pu donner semblable confiance?

Mais, s'il n'est pas de Dieu, c'est ma conviction :

Va, l'honnête homme meurt dans sa religion.

SOCRATE.

Pour la mienne je meurs : qui t'engage à me plaindre?

S'il n'est pas d'Eternel, qu'avons-nous donc à craindre?

LYCON.

S'il te laisse tes fers sans pitié pour ton sort ;

Pour toi s'il ne fait rien, Socrate, après la mort?

SOCRATE.

Ne lui dois-je pas tout, honneur, vertu, la vie?

Laisse-moi donc périr, Lycon, je t'en convie.

Que ton erreur m'afflige! il faut y renoncer.

LYCON

Socrate, il te faudrait apprendre à bien penser.
Ecoute ma prière ; on lève tout obstacle :
C'est le vœu de nos dieux. Mais consulte l'oracle;
Lui peut te la montrer cette divinité.
Au peuple diras-tu toute la vérité?

SOCRATE.

A soixante-dix ans la vie est presque usée.
Tu me railles, Lycon ! ô vieillesse abusée !
J'ai vu fuir le bonheur, comme mon doux printemps ;
Mais que me servirait de vivre plus long-temps ?
Si je renais là-haut, je redeviens le même.
Je ne publierai pas ton infâme système.

LYCON (exaspéré).

Tu parais donc certain d'arriver à bon port?
Mais quel bien attends-tu pour désirer la mort ?

SOCRATE.

Pour connaître les cieux , les lois de la nature,
A mon âge il est doux d'avoir la sépulture.

ANYTUS.

Il lui faut le poison ! oui, Socrate est perdu.

LYCON.

A tous ses arguments tu ne t'es pas rendu.
J'ai pitié de ton sort , cesse ton arrogance,
Fais l'aveu de tes torts, tu n'as plus de souffrance.

SOCRATE.

Montre-toi plus loyal, fouille au fond de ton cœur :
Tire sans plus tarder les humains du malheur ;
Cesse de diffamer tant de philosophie.
Mais de tes intérêts, Lycon, je me défie :
Aux mortels tu vends cher tes faibles arguments.
Ton mensonge est le fruit de gros émoluments.

MELITUS.

S'il est un Dieu, Socrate, un Dieu juste et suprême,
Diffères de le voir dans ce péril extrême.
Gardes à ta famille, en proie à la douleur,
Son appui, son espoir et son consolateur.

LYCON.

Ecoute-moi, mortel, mets un terme à ta fourbe ;
Il est temps d'obéir : que ton orgueil se courbe.
L'intrigant sans lumière est cent fois plus heureux
Que l'être tel que toi qui méprise nos dieux.
Le faible, tu le sais, du fort est la victime.
Soyons amis, Socrate, et tu sors de l'abîme ;
Les dieux te combleront des faveurs de Plutus ;
Plus riche tu seras que ne le fut Crésus.

SOCRATE.

Fallacieux Lycon, voilà ta conscience :
Tu veux me pervertir, mais perds cette espérance,

Et retiens bien ces mots, barbare protecteur :
Socrate n'obéit qu'à Dieu son Créateur.

LYCON (le tonnerre se fait entendre).

Nos dieux t'en puniront? écoute : le ciel gronde.
Entends-tu Jupiter ? Redoute l'autre monde.
Pluton est aux enfers, il t'attend cette nuit.
Tu dis l'âme immortelle; oui, mais le corps périt ;
Ton cadavre brûlé s'en retourne en poussière.
Socrate, je t'en prie, écoute ma prière.

SOCRATE.

Le lourd poids de mes fers finit avec mes sens ;
Mon âme prend ma vie à mes derniers moments ;
Pour demeure elle aura le riant Elysée ;
Ma vertu dans le ciel sera récompensée.
Melytus, je le crois, l'Empyrée est à nous.
Le bonheur dont on parle autrefois me fut doux.
Les restes de mon corps vont rejoindre la terre,
Exempts de tous les maux dont l'homme est tributaire.
Là-haut est le séjour de la divinité,
Source de tout bonheur pendant l'éternité.
Je ne crains pas la mort : elle me fait envie.
Dieu qui donne le jour donne deux fois la vie.
On dit que le soleil est un brasier de feu ;
Mais s'il n'était qu'un char pour traîner notre Dieu,

Je brûle de connaître et de voir ses insignes :
De tant de vérités sommes-nous donc indignes ?
Les grands esprits sur Dieu ne sont jamais d'accord ;
Mais peut-on le nier sans avoir du remord ?
L'âme, quittant le corps dont elle est prisonnière,
S'élance dans l'espace et fuit loin de la terre :
Triomphante, elle vole au pur séjour des cieux ;
Et tu penses, Lycon, qu'il faut croire à tes dieux ?
Pourquoi ne dis-tu pas : la terre n'est pas ronde,
Puisque tu ne crois point que Dieu créa le monde ?
Va, laisse-moi périr, affranchi de tous maux.
Dejà je te pardonne ainsi qu'à mes bourreaux.

MELITUS.

Hola ! geôlier, quelqu'un ! Fuis-tu donc ma présence ?
Qui pousse tous ces cris ? Est-ce moi qu'on offense ?

LE GEOLIER (des larmes dans la voix).

Je broyais la ciguë... écoutez, mes seigneurs,
Le peuple gémissant présage des malheurs.

MELITUS.

D'où viennent tous ces bruits ?... Fais saisir les coupables.

LE GEOLIER.

On dit : « Sauvons Socrate !... » Ils en sont bien capables.

MELITUS.

Va voir à cette porte et reviens à l'instant ;
Fais arrêter l'émeute ou crains-en le torrent.

CLYTON.

As-tu compris, geòlier, ne laisse entrer personne.
La jeunesse d'Athène est railleuse et bouffonne ;
Laissons-la rire à l'aise, et, sans plus de discours,
Socrate, réponds-nous, veut-il sauver ses jours ?

MELYTUS.

Socrate est obstiné : je brûle de l'entendre.
De grâce, hâte-toi : le peuple est las d'attendre.
Sur sa religion il faut l'embarrasser ;
Lycon nourrit l'espoir de l'en désabuser.

LE GEOLIER.

Par pitié, messeigneurs, il faut briser ses chaînes.
Les femmes, les vieillards menacent de leurs haines ;
Xantippe est à la porte avec ses trois enfants,
Demandant son époux, s'il en est encor temps.

MELITUS.

Dis-leur qu'ils vont se voir et même en ma présence.

LE GEOLIER.

Je vais donc l'engager à prendre patience.

MELITUS.

Mais dis-lui de ma part qu'elle attende un instant
Pour convertir Socrate à son dernier moment.

LE GEOLIER.

Xantippe est toujours là, gémissante, éplorée,
Attendant humblement à la porte d'entrée.

MELITUS.

Mais il ne tient qu'à lui de sortir du malheur.
Le poison qui l'attend, je sais, fend plus d'un cœur,
Lorsqu'on voit son épouse et son fils et ses filles.
Enfin qu'il se rétracte et l'on ouvre les grilles :
Voilà mon dernier mot, qu'on lui dise pour moi;
En reniant nos dieux, il périt : c'est la loi.

LYCON.

De sa prison, hélas! on brise la barrière :
Du peuple en sa faveur éclate la colère.

MELITUS.

Ce peuple est tout en pleurs : finissons-en, Lycon.

LYCON.

Espères-tu de Dieu devenir un oracle?
Socrate, montre-nous sur la terre un miracle;
Fais-nous voir, je t'en prie, un mot de vérité.
Nos dieux t'ouvrent le ciel et pour l'éternité;

Reconnais ton erreur qui causera ta perte.

Veux-tu que de haillons ta famille couverte. ..

SOCRATE.

La mort, je te l'ai dit, est la fin de tes maux :

J'attends ma récompense après de grands travaux.

Ignorer l'Éternel , ô Lycon , tu m'affliges!

Partout la main d'un maître offre mille prodiges;

Regarde du soleil un rayon dans ce lieu :

Il me semble, Lycon, voir un brasier de feu.

Crois-tu que ce n'est rien ? Non, non, croyance vaine :

Celui pour qui je souffre est sensible à ma peine.

L'homme le plus robuste et même le plus sain,

Esclave de la mort, la porte dans son sein ;

La vie est une fleur qui périt d'âge en âge ;

Je la lègue à mon fils ; c'est tout son héritage.

LYCON.

Trève à tous ces discours qui corrompent les cœurs :

Tant d'obtination aggrave tes malheurs.

Ton langage est obscur comme aussi tes pensées.

Il faut te rétracter sur les choses passées.

SOCRATE.

Mon cadavre est ta proie : oui, je touche à la mort.

Ma raison est fondée et mon discours est fort.

L'homme qui réfléchit, fait peu de cas du monde ;
Caron, la rame en main, nous emmène à la ronde.
Tu te plains du passé quand je t'ai convaincu ;
Ton langage est sans force, il ne m'a pas vaincu.

LYCON.

Va, ton cœur est de Bronze et de fer est ta tête :
Tu le sais bien pourtant, la mort pour toi s'apprête.
Mais ta femme, Socrate, et tes trois chers enfants !
Attends donc pour mourir qu'ils aient triplé leurs ans.

SOCRATE.

Je vais cesser de vivre, et Dieu me le pardonne !
Tes dieux sont des bourreaux, pour eux l'on m'empoissonne.
Je suis las de mon sort, j'aspire à le quitter ;
La coupe de la mort ne peut m'épouvanter ;
La vie est de chagrins un mélange funeste ;
Je préfère régner dans le parvis céleste ;
Va, j'ai hâte de voir le Maître de tes Dieux,
Et périr à mon âge est un sort bien heureux.

LYCON.

Ce procès te condamne à perdre la lumière ;
La mort qui te séduit ne fait que me déplaire ;
Il est en ton pouvoir d'arrêter le torrent.

SOCRATE.

Les humains sont ingrats, et mon plaisir est grand
D'abandonner ce monde où règne la souffrance.
Du Dieu qui nous créa confesse la puissance :
Il sait que le travail fut mon plus ferme appui ;
Il connaît mes malheurs, je veux mourir pour lui

LYCON.

Où trouver le bonheur dont on parle sans cesse ?

SOCRATE.

Il n'est pas dans les dieux que ta bouche confesse :
Dieu seul peut le donner, et toi-même aujourd'hui
Tu serais bien heureux si tu croyais en lui.
L'on revient en mourant sous ses lois éternelles.

LYCON.

Parle enfin sans détour : le soleil n'est plus haut ;
Il est près de ta couche, et tu sais ce qu'il faut...

SOCRATE.

Mourir. Va, va, la mort n'a rien qui m'épouvante.

MELITUS.

On dit que ton épouse, et faible et chancelante,
Au peuple s'est montrée en proie à la douleur,
Et suppliant les Dieux de finir son malheur.
Mais on entend venir. Geôlier, ouvre la porte ;
Et qu'aucun étranger après elle ne sorte.

LE GEOLIER (*).

La voici, Messeigneurs , ainsi que ses enfants.

Puissiez-vous de Socrate adoucir les tourments !

Que vos âmes pour lui se montrent généreuses.

SOCRATE.

Tu te sers , Melitus , d'armes bien dangereuses.

O ma chère Xantippe ! ô mes filles , mon fils !

Il faut nous séparer, adieu mes bons amis !

SOPHRONISCA (la plus jeune de ses filles).

Mon papa, mon papa, je suis bien désolée!

Viens revoir ta Myrto , qu'elle soit consolée ;

Tu ne vas pas mourir, mon papa, mon amour.

MELITUS.

Éloignez-vous, enfants ; n'approchez pas du tour,

La loi vous le défend ; demeurez à distance.

Ce cruel renégat mérite sa sentence :

Votre père incrédule est un être pervers.

SOPHRONISCA (pleurant).

Oh ! les vilains méchants qui l'ont chargé de fers !

LAMSAQUE (son fils).

Oh ! si le ciel daignait exaucer ma prière !

Ces fers seraient brisés à l'instant , ô mon père !

(*) Xantippe, l'une des femmes de Socrate, entre avec ses trois enfants , dont deux sont en bas âge et le troisième est dans l'adolescence. Lampsaque est fils de Xantippe ; les deux filles, Lamproclès et Sophronisca sont de Myrto.

4

SOCRATE.

Mon cher fils, il faut bien obéir à la loi.

XANTIPPE.

Tendre époux, tes enfants t'engagent, comme moi,
A te sauver : la loi, vraiment, est trop cruelle.

SOCRATE.

Chère Xantippe, hélas ! on doit périr pour elle,
La vie est peu de chose, il faut un jour finir.
Mais ma douce Myrto n'a donc pas pu venir ?

SOPHRONISCA.

Pour elle je devais t'offrir une embrassade.
Hélas ! mon bien-aimé, ma mère est bien malade !

XANTIPPE.

La mort de son grand père, au fond d'une prison,
Fait qu'elle est demeurée à garder la maison.
Mais qu'avais-tu besoin d'avoir une autre femme
Pour me ravir encor la moitié de ta flamme ?

SOCRATE.

J'ai consulté mes goùts, mon cœur et le devoir :
Myrto sort d'Aristide, elle a su m'émouvoir ;
Elle était faible et pauvre. Après tout, ma Xantippe,
J'obéissais aux lois : tu connais mon principe.

XANTIPPE (avec dépit).

De ta Myrto si faible où sont donc les secours ?
Elle a su m'enlever ton cœur et mes amours ;

J 'ai soin de ses enfants : faut-il que je les traîne ?
Elle avait les plaisirs et moi toute la peine.
Cher époux, mon amour pour toi n'est donc plus rien ?

ANYTUS.

Xantippe, vous voyez, c'est un mauvais païen :
Il empêche de croire aux lois de la nature.

XANTIPPE.

O mon noble seigneur, voyez ce que j'endure !
Pour, condamner Socrate, on ne le connaît pas :
Comment de fers cruels peut-on charger ses bras !
Vous voyez à vos pieds Xantippe qui vous prie
Au nom de ses enfants, au nom de la patrie :
Que la douce pitié calme votre courroux.
Myrto se joint à moi : rendez-nous notre époux !

ANYTUS.

Mais il ne tient qu'à lui de s'avouer coupable.

XANTIPPE (à Socrate).

Fais-le pour tes enfants, tu seras excusable.

SOCRATE.

Contre la vérité mentirais-je à tes yeux ?
Je deviendrais indigne un jour d'aller aux cieux ?
Non , Socrate jamais ne se fera parjure.
C'est le connaître mal et lui faire une injure.

Dès qu'il est innocent, va, l'honnête homme est fort.

Les lois m'ont condamné, je veux subir mon sort.

Qu'avais-je fait aux dieux ? réponds-moi, je te prie :

C'est pour eux que les Grecs vont m'arracher la vie.

Pour avoir éclairé la Grèce et l'univers,

Depuis un mois entier je gémis dans les fers.

LYCON.

Tu me mets en fureur, et je ne puis comprendre

Que tu braves la mort sur toi prête à descendre.

MELYTUS.

Socrate, tu te perds ! va, mortel entêté,

Va brûler aux enfers pendant l'éternité.

XANTIPPE.

Socrate, mon ami, que deviendront tes veuves ?

De ton amour pour nous donne-nous donc des preuves.

Ton cœur s'est-il durci dans ce lugubre lieu ?

Sont-ce là les bienfaits que j'attends de ton Dieu ?

Tire-nous du malheur, contemple ma souffrance ;

Pitié pour tes enfants, anges de l'innocence !

SOCRATE.

Si mon Dieu t'entendait ! je frémis, ô douleur !

Ton langage, Xantippe, a torturé mon cœur.

Je lègue mes enfants au Créateur suprême,

Il les protégera comme un second moi-même.

XANTIPPE.

Socrate, mon ami, reconnais donc nos dieux ;

Autrement dans les fers tu péris, malheureux !

SOCRATE.

A soixante-dix ans je deviens inutile :

Vois, Socrate n'est plus qu'un vieillard débile ;

Et déjà mes genoux se dérobent sous moi.

Mais tout meurt ici-bas : de mon Dieu c'est la loi.

De tout homme la mort est le triste héritage ;

D'un souffle elle détruit jusques à son image.

Crois donc à l'Eternel qui peut tout sur tes jours.

O Xantippe ! ô Myrto ! vous, mes tendres amours,

Elevez nos enfants ; que votre vigilance

D'un monde corrupteur sauve leur innocence.

Quand je ne serai plus, le Créateur divin,

Qui protège la veuve ainsi que l'orphelin,

Sans doute adoucira vos chagrins et vos peines.

Sur mes tyrans le peuple assouvira ses haines.

Dieu connaît mes bourreaux : sa vengeance sur eux

Va bientôt éclater en dépit de tes dieux.

Allez, vivez toujours heureuses sur la terre

Pour aimer nos enfants qui vont perdre leur père.

XANTIPPE.

Rétracte-toi , Socrate, il en est encor temps ;

Abandonne ton Dieu pour tes pauvres enfants.

Hélas! mon cher époux, à quoi sert d'être sage?

Toi qui fus toujours franc, la mort est ton partage.

Quand tu ne seras plus, quel sera notre appui?

Renonce à Dieu, sinon ton dernier jour a lui.

SOCRATE.

Console-toi, Xantippe; en vain la calomnie

Essaierait de flétrir et mon nom et ma vie.

Pour cela ses efforts seraient bien superflus.

XANTIPPE.

Quel bien nous feras-tu, quand tu ne seras plus?

SOCRATE.

Le Dieu pour qui je meurs de l'univers est maître;

Il punit tôt ou tard et le fourbe et le traître.

O Xantippe! ô Myrto! vous, mes très chers enfants,

Si le malheur m'accable, oui, c'est pour peu de temps.

Cessez de vous livrer à la noire tristesse,

Et que dans vos esprits la douce paix renaisse.

O Xantippe! ô Myrto! croyez-en votre époux,

Mes fidèles amis seront toujours à vous.

Ma mort n'éteindra pas leur amour ni leur zèle;

Et sans doute de Dieu la bonté paternelle

Fera que quelque jour vous viendrez toutes deux

Revivre à mes côtés au royaume des cieux.

En attendant, restez: puissiez-vous sur la terre,

Avec mes chers enfants jouir d'un sort prospère!

XANTIPPE.

O ciel! Quand finiront mes tourments et mes maux!
On pile la ciguë: entends-tu tes bourreaux?
Mon cœur saigne et se fend: prends pitié de mes larmes;
Cher époux, fais cesser nos cruelles alarmes.
Au lever du soleil, que dirai-je demain?
A l'heure où tu tendais à tes enfants la main,
Socrate, réponds-moi, que doit dire une mère
A tes trois chers enfants, s'ils demandent leur père?

SOPHRONISCA (la plus jeune des filles de Socrate).

Papa, depuis long-temps nous demandons aux dieux
Qu'ils conservent tes jours pour nous si précieux.
Hélas! ma pauvre mère... ô destinée affreuse!
Mais tu pourrais pourtant la rendre bien heureuse!

LAMPSAQUE fils de Socrate).

Maudits soient les humains qui causent tous nos maux!

LAMPROCLÉS (l'aînée des filles de Socrate).

Tu le sais, cher papa, du fruit de tes travaux
Nous vivons; et sans toi qui donc nous fera vivre?

SOCRATE.

Du fardeau de mes fers le Dieu qui me délivre,
Croyez-moi, mes enfants, vous récompensera,
Et sa protection vous environnera.

A mes cruels bourreaux volontiers je pardonne ;
Montre-leur, ô mon fils, une âme douce et bonne ;
Tu te dois à la Grèce, à ce noble pays ;
Sois toujours digne d'elle et de moi, mon cher fils ;
Ne pleure point ma mort. En voyant mon supplice,
Le peuple maudira l'effroyable injustice
Qui me condamne à perdre, hélas ! et sans retour,
Mes femmes, mes enfants, objets de mon amour.
Lampsaque, mon cher fils, tu vas devenir père ;
Quand je ne serai plus, prends grand soin de ta mère.
Veille aussi sur tes sœurs ; pour elles ici-bas
Sois un sage Mentor qui dirige leurs pas.
Tout fier de leurs vertus et de leur innocence,
Je demande surtout que la triste vengeance
Pour punir mes bourreaux jamais n'arme ta main.

LAMPSAQUE.

Mais tu ne peux mourir ou je mourrai demain.

LAMPROCLÈS.

Je vais donc me tuer sur le corps de Lampsaque.

SOPHRONISCA (la plus jeune).

Je tuerai Melitus, sans crainte je l'attaque.

SOCRATE.

Chère Sophronisca, ma fille, mes amours,
Attends que l'Eternel dispose de ses jours !

SOPHRONISCA (à Melitus).

Permettez, Melitus, que de ma main j'essuie
Les larmes de celui de qui je tiens la vie.
O père bien aimé! l'on t'a lié les mains :
Tes ennemis sont donc des êtres inhumains?

ANYTUS (se tournant vers Socrate).

Ecoute tes enfants, ton amour pour ta femme ;
O Socrate, crois-moi, laisse amollir ton âme,
Et tu sauves tes jours, et tu vivras heureux.

SOCRATE.

Ma femme, mes enfants, recevez mes adieux !

XANTIPPE (exaspérée).

Non, tu ne mourras pas, Socrate, je le jure!
Tes juges, outrageant les lois de la nature,
Ont demandé ta mort, mais les Athéniens,
Sauront bien te défendre : au secours, citoyens !

ANYTUS.

Tu soulèves le peuple? Ah ! malheureuse femme,
Redoute les effets du courroux qui m'enflamme !
Geôlier, enfermez-la seule avec ses enfants.

MELYTUS.

Le peut-on sans décret? attends quelques instants.

LYCON.

De Socrate arrêtons les enfants et les femmes ;
Emprisonnons sa secte ou la ville est en flammes.

LE GEOLIER.

Quel désordre! grands dieux! Venez voir, messeigneurs :
La barrière est forcée, on ne voit que des pleurs.

MELITUS.

Du courage! Anytus, suis bien la loi suprême :
Retenons ses enfants dans ce péril extrême,
Et sa femme avec eux. As-tu compris, geôlier?

SOCRATE (indigné).

Fais-les tomber plutôt sous l'homicide acier !
Mais vous, mes chers enfants, respectez votre juge :
Sa justice paraît craindre quelque transfuge.

LE GEOLIER (avec douceur.)

Allons, chère Xantippe, il faut prendre mon bras.

XANTIPPE (exaspérée).

Non, non, je meurs ici, je n'en sortirai pas !

LYCON.

Philosophe orgueilleux, te voilà dans les chaînes;
Il est temps d'obéir, ou crains nos justes haines.
Enferme-les, geôlier, au fond des noirs cachots.

LAMPSAQUE.

Nous demandons la mort à nos cruels bourreaux.

MELITUS (au geôlier).

Entraîne ces enfants dans cette sombre entrée (*) :
Leur mère, j'en suis sûre, y sera tôt rentrée.

(*) Anytus, Lycon, Melitus, le geôlier, poussent la famille de
Socrate dans de noirs cachots. Xantippe fait entendre des cris dé-
chirants.

Socrate et sa doctrine aux justes font horreur :
C'est assez abuser d'un juge et de son cœur.

XANTIPPE (en s'en allant).

Hélas ! mes chers enfants, vous n'avez plus de père.

SOPHRONISCA (d'uue voix perçante).

O rendez mon papa, je vous prie, à ma mère.

SOCRATE.

Oh ! c'est à vous, mon Dieu, d'en être le gardien.

MELITUS.

Geôlier, arrive ici... Quoi ! tu ne réponds rien ?

LE GEOLIER.

Ah! grands dieux, quel malheur! pitié pour leur souffrance
Et pour ces orphelins montrez de la clémence.

MELITUS.

Fais en sorte, geôlier, que les fers inhumains
De Socrate à l'instant ne chargent plus les mains
De ses enfants chéris quand la douleur éclate,
La loi veut qu'un coupable aussi grand que Socrate
Soit libre comme l'air, et c'est l'ordre des dieux.
Le breuvage est-il prêt?. .. Tu détournes les yeux ?

LE GEOLIER.

Hélas ! oui, monseigneur, j'en ai rempli la coupe ;
Mais je tremble qu'encor le peuple ne s'attroupe.

MELITUS.

L'Athénien croit-il que, violant les lois,
Nous lui rendrons Socrate aux cris de mille voix ?
Dès le soleil couché, vois Socrate il se couche.
Prépare le poison, qu'il le porte à sa bouche,
Et puis dans son cachot laisse entrer ses amis.

SOCRATE.

Je me trouble, ô mon Dieu ! de mes enfants chéris
Daigne, je t'en conjure, éloigner la souffrance.
J'implore en leur faveur ta divine clémence.

LE GEOLIEB.

Sois tranquille, Socrate, esclave du devoir,
Si ta famille en pleurs daigne me recevoir,
Je saurai compatir à sa douleur amère,
Et pour elle toujours je serai comme un père.

SOCRATE (relevant le geôlier qui se jette à ses pieds).

Geôlier, que fais-tu là ? lève-toi, mon ami ;
Je suis content de toi : ton cœur m'a raffermi.

LE GEOLIER (lui ôtant ses fers).

Tes bons amis, Socrate, attendent à la porte :
Xantippe, au désespoir, partaît à demi-morte.

SOCRATE.

On attend ? fais entrer. Ah ! pour moi quel bonheur !
Ma femme, mes enfants, amis chers à mon cœur,

Une dernière fois je puis vous voir encore !

Ah ! puisse vous bénir le grand Dieu que j'adore !

Bonjour, mon cher Criton, mon père nourricier,

Toi que dans aucun temps je ne puis oublier ;

Approchez, Lysias, que j'aime comme un frère ;

Et vous, divin mortel, dont Athène est si fière,

Venez auprès de moi, venez divin Platon ;

Vous aussi, cher Eschyne, et vous aussi, Phédon.

Avec Chœréphon prends ma main, Antisthène,

Viens encor, Xénocrate, et donne-moi la tienne.

Pourquoi te désoler, Aristippe joyeux ?

Vous tous, ô mes amis, recevez mes adieux :

Bientôt la triste mort va me réduire en cendre.

Mais que veux-tu ? geôlier, je suis prêt à t'entendre.

LE GEOLIER.

Te voilà libre enfin, oui, libre de tes fers

Qui meurtrissaient tes bras, qui t'ont noirci les chairs !

Ah ! vingt fois j'ai maudit ma triste destinée :

Que j'ai souffert, grands dieux, pendant cette journée !

Que n'ai-je pu briser ces barbares verroux !

SOCRATE.

Merci, brave geôlier ; et vous, amis, et vous,

De ceux qui vous sont chers parlez-moi, le temps presse ;

Parlez de vos malheurs, des dangers de la Grèce.

CRITON.

Socrate, y penses-tu ? Mais toi, mais tes enfants !

Sauve-toi, sauve-les, il en est encor temps.

Va, pour fuir à jamais tes tyrans que j'abhorre

il est un souterrain que le vulgaire ignore;

Entres-y sans tarder et sauve enfin tes jours.

SOCRATE.

Moi fuir!... Non, cher Criton : je reste ici toujours.

CRITON.

Un beau château t'attend; pars pour la Thessalie.

SOCRATE.

Tu m'engages, Criton, à faire une folie ;

Mais quand j'y devrais vivre et libre et fortuné,

Je te le dis encor, les lois m'ont condamné ;

De mes juges ma mort appaisera la rage ;

Mon pardon, je le sais, leur porterait ombrage.

Pour prêcher l'union et la fraternité,

A quoi me servirait un peu de liberté.

CRITON.

Que parles-tu des lois ? Pardonne, cher Socrate,

Si contre tes bourreaux tout mon courroux éclate.

Oui, ce sont des bourreaux que j'abhore à jamais,

Non des juges rendant d'équitables arrêts;

Le peuple les nomma pour rendre la justice :

Mais qu'importe à leurs yeux qu'un innocent périsse !

SOCRATE.

Mes juges sont sacrés à mes yeux, et je dois
Mourir, puisque par eux me condamnent les lois.

CRITON.

Exauce ma prière, ô sublime Socrate !
Crois-moi , passe de suite au-delà de l'Euphrate.
Pars vite, je le veux , pars , ne balance pas ,
Et ne nous force point à pleurer ton trépas!

SOCRATE.

Hélas ! voudrais-tu donc aggraver ma souffrance ?
J'appartiens au bourreau, je suis en sa puissance;
Mais violer les lois, me rendre criminel,
Ne m'en parle jamais , Criton , au nom du ciel !

ARISTIPPE.

Prends vite cet argent, j'ai préparé ta fuite ;
Melitus est coupable , et plus tard on t'acquitte.

SOCRATE.

D'un marc d'argent au moins en ta possession ,
Aristippe, comment peux-tu me faire don ?

ARISTIPPE.

Admirant ta doctrine et si pure et si belle,
Je la mets en pratique , et , disciple fidèle,
Je transmets tes leçons qui me valent de l'or :
Ainsi donc c'est de toi que me vient ce trésor.

SOCRATE.

Ton école est nombreuse : elle grandit encore ;
Mais garde cet argent... Tu ris, Apollodore ?
L'argent est inutile à qui va dans les cieux :
J'y vais aller, j'espère, en dépit de vos dieux.
Oui, le Dieu que j'adore a tout en sa puissance,
Et je m'estime heureux d'avoir cette croyance.

LYSIAS.

Mon bien-aimé disciple, ah ! pourquoi n'as-tu pas
Agréé le discours de ton cher Lysias ?

SOCRATE.

Orateur, ta défense est très-belle sans doute,
Magnifique en tous points, je le sais, mais écoute :
Toute ta rhétorique et ton esprit divin
Ne touchent pas des cœurs aussi durs que l'airain.

PLATON.

Socrate, mon ami, je souffre de ta peine.
Tes juges t'ont montré leur implacable haine.
J'ai voulu t'arracher des mains de ces cruels ;
Devant eux nous voilà pour toi vingt criminels ;
O barbares tyrans ! ô triste destinée !
Nous perdons tout, Socrate, en moins d'une journée.

SOCRATE.

Législateur sublime, homme de vérité,
J'ai légué ta logique à la postérité ;

Oui, grâce à tes écrits, ta sagesse profonde,
Répandue en tous lieux, éclairera le monde.
Oh! pour toi, cher Platon, quel immortel honneur!

PLATON.

Mon maître bien-aimé, ton langage est flatteur:
Je te dois mon savoir et ma philosophie,
Qui, dans l'adversité, seule me fortifie.
Je cultivais les vers, mais ta haute raison
Me fit voir que pour moi n'était pas Apollon,
Et qu'en vain j'accordais ou mon luth ou ma lyre,
Puisque ce dieu jamais ne voulait me sourire.

SOCRATE.

Parle-moi, s'il te plaît, de l'ami Xénophon,
Dans sa dernière lettre, il t'en souvient, Platon,
Il aimait à te rendre une justice entière:
Aux sages comme lui tu sauras toujours plaire.

PLATON.

Tu te trompes: c'est toi qu'il vante, et non pas moi,
Socrate, car que suis-je, hélas! auprès de toi?
Xénophon m'écrit donc qu'il est à Babylone:
« Tout est perdu, dit-il, le destin m'abandonne;
Du grand roi dont je suis les glorieux drapeaux
Je vois les légions en butte à mille maux;
Cyrus est tombé mort malgré tout leur courage,
Et la ville livrée aux horreurs du carnage,

Avec ses murs détruits par le fer et le feu. »
Xénophon se console en pensant à ton Dieu :
Nourri de tes leçons, ce disciple fidèle,
Maudissant tes bourreaux et leur loi si cruelle ;
Car cet ami, Socrate, ignore nos malheurs ;
Bientôt il apprendra le sujet de nos pleurs.
« Adieu tous mes amis ! la mort est mon partage :
Après celle du prince, ô vous, sauvez le sage ! »

SOCRATE.

Pourquoi donc épouser les querelles des rois
Issus du même sang, égaux devant les lois ?
Je plains ce jeune enfant de la philosophie
Qui, pour aller en Perse, a quitté sa patrie,
Courant après la gloire et ses lauriers sanglants.
Soyons amis, Platon : par tes nobles talents
Soutiens la république et reste-lui fidèle.

PLATON.

Et toi, Socrate, et toi, que ne vis-tu pour elle ?
Pour la défendre il faut un grand républicain.

SOCRATE.

Tu la sauveras, toi, philosophe divin.
Pour moi, je vais mourir (qu'importe que je vive ?)
Tu diras à Myrto (*) que Xantippe est captive.

(*) Myrto est la seconde et la plus jeune des femmes de Socrate.

Hélas ! où sont ces jours fortunés et brillants
Que nous coulions ensemble au retour du printemps ?
Quand, quittant sa demeure et venant au Pyrée,
Antisthène avec nous y passait la soirée !
Je ne reverrai plus luire de si beaux jours !

ANTHISTÈNE.

Le plaisir de te voir, d'entendre tes discours,
Était plus doux pour moi que le plus doux murmure
D'un ruisseau qui s'enfuit à travers la verdure.

SOCRATE.

Que mon cœur est touché de cet attachement !

ANTISTHÈNE.

Ne te dois-je pas tout, vertu, contentement ?
J'en parlais à ta femme, à ta bonne Xantippe,
Ainsi qu'à notre ami, le divin Aristippe :
Je dois tout à Socrate, il ne périra pas !

ARISTIPPE (embrassant Socrate).

Tes disciples, grand homme, ont marché sur tes pas.

SOCRATE.

Le premier des devoirs est d'aimer sa patrie ;
Mais je n'accepte pas ta douce flatterie.

PHÉDON;

Moi, si j'ai recouvré ma chère liberté,
Je le dois à Socrate, à sa noble bonté.

Je fus bien malheureux dès ma plus tendre enfance;

Mais, grâce à tes leçons, je sens moins ma souffrance.

SOCRATE.

Le temps, qui détruit tout, a relevé Phédon;

Après le triste hiver vient la belle saison.

Dans Athènes j'ai fait quelques heureux pour l'être.

Qui donc a des amis sans vouloir leur bien-être?

Comme un chêne, couvert de rameaux verdoyants,

Protège l'arbrisseau contre les noirs autans,

Ainsi je fus pour vous, ainsi le tendre père

Fait à ses chers enfants tout le bien qu'il peut faire.

ANTISTHÈNE.

Cher Socrate, bientôt luira ton dernier jour,

Bientôt nous te perdrons, hélas! et sans retour.

Barbare Mélitus, de toi rougit la Grèce;

Tu foules à tes pieds la vertu qui te blesse.

CHOÉRÉPHON (baise le manteau de Socrate).

Philosophe immortel, j'aime la liberté;

Tu renonces aux dieux pour la Divinité...

Mais trève à ce discours; j'ai consulté l'oracle,

Écoute son présage, il lève tout obstacle,

Car je voulais savoir le plus illustre nom

L'emportera des deux par le très-grand renom

De notre bon Sophocle ou du tendre Euripide.

« Tu veux, me répond-il, qu'entre nous je décide

L'élève de Socrate est le plus grand des deux,
Saches donc que Sophocle est moins cher à nos dieux,
Me parut le devin le cœur plein de malice...
Euripide est célèbre, il t'a rendu justice ;
J'ai fait trente-six mille avec anxiété
Pour connaître de lui toute la vérité ;
Bien joyeux je rentrai de ma longue tournée,
Et tout cela, sans peine, en moins d'une journée.

SOCRATE.

Tendre ami, tu le vois, ce n'est qu'un charlatan
Qui sait que mon élève a plus d'un partisan ;
L'immortel Euripide a ri du long voyage
Et du devin menteur qui vous trompe au village.

CHOÉRÉPHON.

Que j'aime ce grand homme au cœur plein de vertu
Qui voulut t'arracher aux griffes d'Anytus ;
Euripide est parti, ce poète est à plaindre,
Sa vie est menacée, il a sujet de craindre ;
J'ai perdu ses conseils qui m'avaient tant servi.

SOCRATE.

Qu'est-il donc devenu ? tous l'aimaient à l'envie.

CHOÉRÉPHON.

Mégare, qu'il habite, inspire son génie.
Indépendant, il fuit loin de la tyrannie,

Pour finir *Palamède*, un chef-d'œuvre nouveau,
Car tout ce qu'il écrit est noble, grand et beau.
Mais, au sein de l'exil, dans sa douleur amère,
Il sait te plaindre encore, il t'appelle son père,
Et maudit les méchants qui causent tes malheurs.
Que n'est-il près de nous pour calmer tes douleurs ?

SOCRATE.

Pour toi, Choéréphon, pour ce cher Euripide,
Merci, merci cent fois ; car mon âme est avide
D'entendre ces discours qui flattent mon orgueil.
Mais si mon corps bientôt doit descendre au cercueil,
Mon élève du moins dans Athène et dans Rome
Triomphe, et de la Grèce il est le plus grand homme :
Trois mille ans passeront avant que ses beaux vers
Aient cessé de charmer la Grèce et l'univers,
Je gémis en pensant que dans son exil même,
Ma mort doit ajouter à sa douleur extrême.
Console-toi, mon fils ! tu verras l'Eternel :
D'Euripide ici-bas le nom est immortel !

CHOÉRÉPHON.

Contre tes ennemis il tonne avec furie :
« Du plus juste des Grecs vous privez la patrie,
Lâches Athéniens, barbare Mélitus ;
De Socrate à vos pieds vous foulez les vertus ! »

Socrate, tu l'entends, ces vers sont dans sa pièce :
Sa Muse pleure encor les malheurs de la Grèce.
Si le peuple entendait cette Muse, tes fers
Par lui seraient brisés ; puis, au fond des enfers
Il enverrait brûler à jamais le grand-prêtre ;
Et le grand Euripide aurait sauvé son maître.

SOCRATE.

Son langage exhalté montre sa bonne foi ;
Mais je serai toujours exclave de la loi.

APOLLODORE (aux pieds de Socrate).

Endosse ce manteau, je t'en prie, ô mon maître !
Ne perds pas un instant ! hâte-toi de le mettre :
Ne me repousse pas, si tu ne veux périr !

SOCRATE.

Faut-il des habits neufs aux sages pour mourir ?
Garde-les pour les tiens, mon sage Apollodore ;
Point de luxe pour moi : le luxe, je l'abhorre.
Ainsi, l'heure est venue, il faut laver mon corps ;
Mais souvenez-vous bien que je meurs sans remords.
Vous paraissez en proie aux plus vives alarmes :
Disciples, de vos yeux je vois couler des larmes ;
Est-ce donc là le fruit de tous vos beaux discours ?
Je n'ai pu m'attendrir que devant mes amours,
Mes femmes, mes enfants, dont le cœur bon et tendre,
En parlant à mon cœur, semblait le faire fendre.

Renfermez donc ces pleurs : pourquoi vous tourmenter ?
Puisqu'il faudra bientôt, hélas ! tous vous quitter,
Egayons nos loisirs sans cesser d'être sages ;
Que je trouve dans vous les plus mâles courages :
Imitez mon exemple, et que chacun de vous
Montre qu'il est bon fils, bon père ou bon époux.
Quand je ne serai plus, honorez ma mémoire :
Je meurs croyant en Dieu, j'ose m'en faire gloire.
Je vais monter au ciel : de mes tyrans pervers
Je brave le courroux aux yeux de l'univers.
Mes femmes, mes enfants, qu'en mourant je vous laisse,
Amis, veillez sur eux, vous, l'honneur de la Grèce !
Ce sont là tous mes biens et mon plus cher trésor ;
Puisse long-temps pour eux le bonheur luire encor (*) !

ANTHISTÈNE.

Cher et divin Socrate, océan de lumière.

PLATON.

Modèle de l'honneur, sa mort me désespère.

CRITON.

Douce tranquillité qui confond ma raison !
Et toi, grand érudit, trop superbe Lycon,

(*) Socrate se retire derrière un escalier au fond de son cachot pour laver son corps. Ses amis se remettent en place et causent à voix basse.

Plus à plaindre que lui, puisque la mort l'enivre,
Dis-moi qui d'entre nous refuserait de vivre?

LYSIAS (montrant l'endroit où est Socrate).

Philosophe sublime, esprit presque divin,
Je ne dois qu'à lui seul d'avoir fait mon chemin.
J'aime à le proclamer mon précepteur, mon maître;
Quiconque le voyait et pouvait le connaître,
Se livrait avec joie au désir de l'aimer,
Lui qui vous conseillait sans jamais vous blâmer;
Et qui, d'un saint respect honorant la vieillesse,
Prodiguait ses avis à la tendre jeunesse.
Aujourd'hui ses tyrans paraissent s'applaudir
Que le plus grand des Grecs se résigne à mourir.
O Socrate! pourquoi, plongé dans la souffrance,
Refuser mon discours fait pour ta délivrance?
Je ne me flatte point et le dis sans orgueil:
Oui, je l'aurais sans peine affranchi du cercueil.

PLATON.

Comment l'eusses-tu fait, hélas! quand dans l'abîme
Nos tyrans vont jeter Socrate, leur victime?

LYSIAS.

Socrate est innocent: je le leur démontrais;
Et s'il meurt, il mourra digne de nos regrets.
Tu le blâmes, je sais, d'aimer Alcibiade,
Son disciple, ou plutôt son jeune camarade;

Mais la loi permet bien d'avoir quelques amis :

Les liens sociaux font l'honneur du pays.

Qui pourrait l'accuser de mépriser Minerve ?

Vous conspirez sa mort, que son Dieu l'en préserve !

J'aurais raillé Lycon, persiflé Mélitus,

Et d'un sarcasme amer j'accablais Anytus.

Pour l'honneur des humains je demandais justice,

Et de ses ennemis confondais la malice.

Oui, je sauvais Socrate ; et si, dans quelques jours,

Vous me le permettez, vous verrez mon discours.

PLATON.

Lysias, j'y consens et veux t'en lire un autre ;

Le malheur de Socrate est devenu le nôtre.

Oh ! que je plains l'erreur du peuple athénien,

Qui condamne à la mort ce grand homme de bien !

ARISTIPPE.

Je crains que l'Eternel de fléaux ne l'accable

La Grèce qui sourit à ce crime exécrable.

Socrate était pour nous un ange de bonté.

ESCHINE.

Tout ce qu'on en a dit n'est que la vérité.

Un jour je l'abordai, plein de mélancolie ;

Je lui peins en pleurant ma triste pénurie.

Pourquoi pleurer ? dit-il : il n'est point de malheur

Qu'on ne puisse braver lorsque l'on a du cœur.

— Mais je suis sans moyens et brûle de m'instruire ;
N'ayant rien à donner, qui voudra me conduire?
Qui voudra me doter d'un peu de son savoir?
Socrate, vous voyez quel est mon désespoir.
A ces mots, il m'embrasse, admirant ma franchise,
Socrate ne veut rien , l'or n'est point sa devise :
Tout mortel, me dit-il, est sujet aux revers ;
Mais viens à mon école apprendre l'art des vers,
Et chasse de ton cœur cette espérance vaine,
Que je t'enseignerai l'art du grand Démosthène.

PHEDON.

Je lui dois plus que toi : c'est son cœur paternel
Qui seul m'a délivré d'un tyran trop cruel.
J'étais tout corrompu , mais mon âme s'épure
Au souffle bienfaisant de sa vertu si pure ;
Il me rend le courage, et, combattu par lui,
Le vice que j'aimais, je l'abhore aujourd'hui.
Esclave malheureux, va, j'étais bien malade.
Sans lui, sans son ami, le jeune Alcibiade,
Je courberais encore sous l'infâme bâton.
Si de ma liberté, comme de ma raison,
Je jouis maintenant, je le dois à Socrate :
Souffre donc qu'à tes yeux toute ma joie éclate.

CHOÉRÉPHON.

Qui peut l'avoir connu sans devenir heureux ?
Hélas ! depuis long-temps je demandais aux dieux
De me rendre un ami, bien plus encore, un frère.
Socrate gémissait en voyant ma colère ;
Car souvent pour des riens on se brouille, on a tort ;
Mais il fit entre nous renaître un doux accord.
Restez unis, dit-il, aimez-vous : qu'à toute heure
La paix, l'aimable paix entre vous deux demeure.

ESCHINE (au désespoir).

Dire qu'il va périr, et périr aujourd'hui !
Je boirai la ciguë et je meurs avec lui.

APOLLODORE (exaspéré).

Je mourrai comme toi : faisons cause commune ;
Je veux de mon ami partager l'infortune.
Le peuple, tout armé, vers lui marche en vainqueur.
Si Socrate mourait, nous n'aurions pas de cœur.

ANTISTHÈNE (abattu).

Pour défendre ses jours nous périrons ensemble.
D'un trop juste courroux, cher Eschine, je tremble :
D'une main vigoureuse enchaînons ses bourreaux.
Il est des citoyens qui souffrent de ses maux,
Et qui le forceront à conserver sa vie.
Courage, Athéniens ! au nom de ma patrie,

Epargnons à Socrate un infâme trépas,
Et ne nous souillons point par de noirs attentats.

SOCRATE.

En voulant me sauver tu te perdrais sans doute ;
Je connais ton bon cœur, Eschine, mais écoute :
Crois-tu que, si je meurs, à jamais soit perdu
Le fruit de mes leçons qui prêchent la vertu ?
Non, non, et mes leçons et ma philosophie,
Moi mort, vivront toujours pour charmer votre vie.

CRITON.

Socrate, mon ami, qui sais mes sentiments,
Ne demandes-tu rien pour tes pauvres enfants ?

SOCRATE.

Te les recommander serait chose inutile :
Un ami comme toi pour mon cœur en vaut mille.

CRITON.

Ils seront mes enfants, oui, je te le promets ;
Et ma bonté pour eux ne faillira jamais.

SOCRATE.

Que je t'aime, Criton ! mon bonheur est extrême :
Aime bien mes enfants comme un second moi-même.
Vous tous, ô mes amis, voyez-les tous les jours.

(Regardant autour de lui, il s'aperçoit qu'on écrit).
Mais que fais-tu donc là, modeste Xénocrate ?

XÉNOCRATE.

Eh ! ce sont tes discours que j'écris, bon Socrate.

SOCRATE.

A tout ce que je dis tu prends ta bonne part.

Ah ! voici le signal, le signal du départ.

CRITON.

Comment peux-tu, Socrate, en avoir de la joie?

SOCRATE.

Regarde ce rayon, c'est mon Dieu qui l'envoie (*),

Là, par ce soupirail : dès qu'il l'aura quitté,

Mon âme aux cieux s'envole et pour l'éternité.

ANTISTHÈNE.

O rayon malheureux, ta présence me tue !

Pourquoi viens-tu briller aussitôt à ma vue ?

SOCRATE.

Beau soleil, tes rayons ont réjoui mon cœur ;

Ah ! flambeau de mon Dieu, tu me rends le bonheur.

Que de fois, à l'aspect de ta douce lumière,

J'ai pensé que pour nous dans le ciel est un père,

Un Dieu de qui la main te met en mouvement !

Le soleil m'a montré Dieu dans le firmament.

Je vois sa douce main, je vois sa providence ;

Je ressens ses bienfaits et n'ai plus de souffrance.

(*) Ses disciples, émus, regardent le rayon.

Ce lit de chaume même où repose mon corps

Me prouve sa bonté, source de tous trésors.

La vie, hélas! n'est rien qu'un court pélerinage;

Mon âme, qui de Dieu n'est qu'une faible image,

Comme l'astre éternel brillera dans les cieux.

Qui donc créa cet astre? Est-ce la main des dieux?

Non, c'est toi, Dieu suprême : à mon heure dernière,

Daigne agréer du moins ma fervente prière.

J'admire ton soleil, au disque étincelant,

Qui traverse les cieux ainsi qu'un fier géant,

Eclaire l'univers, et, flamboyant sans cesse,

Réchauffe avec amour le doux ciel de la Grèce.

Regardez ses rayons, calculez leur longueur,

Quelquefois il est pâle et triple sa chaleur.

Ecoutez, mes amis : cet astre immensurable

Proclame de mon Dieu la puissance adorable.

Si vous avez des yeux, mes amis, c'est pour voir.

Ces atômes sans nombre, eh! qui les fait mouvoir?

S'ils roulent dans les airs, c'est un être suprême

Qui le veut, qui l'ordonne; oui, c'est mon Dieu lui-même;

Lui qui dit au soleil de faire, en ma prison,

Luire à mes yeux ravis un calme et doux rayon.

De ce soleil, amis, quelle est la résidence?

Dieu lui dit de tourner : vous voyez sa puissance;

Il verse sur la terre un océan de feux ;
Le matin au Levant il paraît radieux.
Quand la rose embaumée à nos yeux vient d'éclore,
Est-ce son doux rayon, amis, qui la colore ?
Et quand le noir hiver, source de tant de maux,
Sous un manteau de glace emprisonne les eaux,
Le soleil vient encore consoler la nature ;
Et bientôt le printemps, couronné de verdure,
Appelle dans les champs le laboureur joyeux
Qui va semer ses blés : le soleil de ses feux
Les féconde, en tous lieux promène l'abondance,
Du paysan charmé couronne l'espérance ;
Et l'insecte qui rampe et l'oiseau des forêts
Ont part ainsi que l'homme aux célestes bienfaits.
Mais avant le soleil, qu'était-ce que la terre ?
Rien qu'un cahos affreux, désolé, solitaire.
Le soleil produit l'or, l'or ce roi des métaux,
Cher et fatal présent, cause de mille maux.
L'arbre, de qui le tronc s'enfonce dans la terre,
Doit à ses doux rayons sa sève salutaire ;
Puis il leur doit ses fleurs au calice embaumé,
Et ses fruits savoureux dont notre œil est charmé.
Amis, pour pénétrer de mon Dieu l'origine,
Nos sens sont trop bornés : pour moi je m'imagine

Que, s'il nous a créés, c'est pour nous rendre heureux,
Et qu'il a fait pour nous le royaume des cieux.
Tout homme sur la terre enfin cesse de vivre,
Et la mort, après tout, de nos maux nous délivre.
O Xantippe, ô Myrto ! mes plus chères amours,
Qui fîtes toutes deux le bonheur de mes jours.
Mon corps va donc périr, mais mon intelligence
Va retourner à Dieu, j'en nourris l'espérance.
Bientôt je jouirai d'un bonheur sans pareil.
Salut , ô doux rayons de mon dernier soleil !
Et toi , Dieu créateur du ciel et de la terre,
Daigne exaucer d'un fils la fervente prière.
Pardonne, je t'en prie, à mes cruels tyrans,
Et répands tes bienfaits sur mes pauvres enfants.
Athène, ô ma patrie, à mon cœur toujours chère,
Adieu ! Pour mes enfants sois une tendre mère !

LES AMIS DE SOCRATE.

Socrate, du soleil luit le dernier rayon.

SOCRATE.

Il va luire bientôt sur un autre horizon :
Pour sortir de ce lieu comme il se précipite !
Mais je n'essaierai pas de retarder sa fuite.

LE GEOLIER pleurant (la coupe à la main).

Socrate, hélas ! malheur ! le soleil est couché.

6

SOCRATE (prend la coupe avec joie).

Eh bien ! brave geôlier, je n'en suis point fâché.
Donne-moi cette coupe : enfin mon esclavage
Va finir ; sans terreur je boirai ce breuvage ;
Je le boirai, te dis-je, et même de grand cœur.
Cesse donc, bon geôlier, de plaindre mon malheur.

LE GEOLIER.

Dès que tu l'auras bu, tu marcheras sans cesse,
Quand ton corps tremblera, couche-toi sur ce lit.

SOCRATE (remettant la coupe au geôlier).

Merci, bon serviteur, pour ce que tu m'as dit :
Va, pour moi la ciguë est un bien doux breuvage.
N'en doute point, geôlier ; je vais faire un voyage :
De la ville d'Athène on peut aller aux cieux.
Ah ! mon ami Criton, je vais donc être heureux !
Que j'aspire à te voir, ô mon souverain Maître !
Je vais quitter ces lieux pour n'y plus reparaître.
Mon âme, pur rayon de la divinité,
S'en retourne vers elle et pour l'éternité.
Mais je sens le poison qui ronge mes entrailles.
Adieu, mes chers amis ; après mes funérailles,
Sur mes tendres enfants ayez toujours les yeux,
Et soyez en tout temps de vrais pères pour eux.

Il fait une pause pour se recueillir.

Ma tête est comme un plomb : elle a perdu l'idée ;
Pourquoi ne pas mourir quand la coupe est vidée ?

Il s'arrête encore.

Je tombe de fatigue ; il faut me soutenir.
O soleil de la mort , tu tardes à venir !

Il se jette sur son lit de paille et se couvre de son manteau.
Tous ses amis se lèvent et s'écrient :

Ah ! Socrate n'est plus ! ô suprême puissance,
Ne vengerez-vous point la mort de l'innocence !

SOCRATE (se redresse et tourne les yeux vers la terre).

Terre, triste séjour de douleurs et de maux,
Je t'abandonne ; et vous, vous, mes cruels bourreaux,
Anytus, Melitus, sous les murs d'Héraclée
Vous serez lapidés : mon âme est consolée.
La nuit ouvre mes yeux : adieu traître Lycon.
Je meurs, je meurs : adieu mon fidèle Criton.

CRITON (prononce ce vers à genoux)

Demi-dieu , que sur moi ta parole a d'empire !

SOCRATE (d'une voix éteinte).

Adieu , tous mes amis, que dans vos bras j'expire.

Il rend le dernier soupir. Tous ses amis gémissent sur son corps.

FIN.

A 1854.

Jour de l'an que l'on hait et janvier qu'il allonge,
De tous les faux amis tu dores le mensonge;
Que de discours brillants ourdissent les démons,
Que de baisers, Judas, donne avec les bonbons.

ÉLÉGIE.

Regrets d'une Epouse morte à l'âge de 19 ans.

Je m'en souviens, ô ma chère Amélie !

Car à quinze ans une amante est jolie.

Sous le berceau je rêvais au bonheur.

Penser cruel !... Geneviève haut-cœur,

Quand je prenais sur tes lèvres vermeilles

Ces doux baisers que tu rendais toujours ;

Depuis ce temps j'ai pleuré mes amours.

Oh ! si ma muse arrive à tes oreilles ;

Que l'Eternel ravive ton cerveau,

Et qu'il t'amène auprès de lui vivante :

L'âme immortelle élu de le tombeau.

Céleste hymen rallume le flambeau,

Que je la voie encore souriante !

Cruelle mort, de nous es-tu la fin !

Triste pensée !... O trop fatal destin !

Si l'on renaît, Dieu montre-lui ma mère,

Son âme pure a gagné les heureux...

Père Eternel exauce enfin mes vœux :

Vois les humains gémissant sur la terre ;

Que sommes-nous sur ce tas de poussière

Où tout périt, disparaît tour-à-tour?
Rien de certain, ni la nuit ni le jour.
Elle est tombée à la fleur de son âge :
J'ai vu la mort briser mon mariage.
A dix-neuf ans; là je l'ai vu mourir;
L'amour commence et l'amour va finir.
Hélas ! pourquoi s'éteindrait donc ton âme,
Quand mon amour sent raviver sa flamme?
Que ta mort m'a serré le cœur,
Tendre beauté, doux hyménée;
Toujours j'en ressens la douleur
D'avoir perdu ma bien-aimée.
Jeune épouse, rare beauté,
Quand je te vis quitter la vie
La mort aussi me fit envie,
Car j'étais sans postérité.
Mais l'Être a disposé de nous :
Après trois ans de mariage,
Il t'enlève à la fleur de l'âge
Pour séparer d'heureux époux.
De l'indulgence pour ma lyre,
Elle répétera toujours
Que la couronne du martyre
A triomphé de nos amours.

TRAIT HISTORIQUE
du Lion du grand duc de Florence.

Ah! prodige! ô grandeur... l'Être veille en silence...
Tout ce que je vais dire est du monde connu :
L'histoire est du lion du grand duc de Florence.
Le roi des animaux est enfin parvenu
A sortir tout-à-coup de sa ménagerie :
Il sème l'épouvante, il rugit, ô terreur !
Ouvre une large gueule, il est tout en furie,
Bat ses flancs de sa queue, on présage un malheur.
Là se sauve une mère effrayée, éperdue,
Avec son cher enfant qui glisse de ses bras...
Elle veut le sauver, voulant être mordue.
Dans sa douleur extrême elle pousse un hélas !
La bête tient son fils dans sa gueule béante,
Sa longue crinière est tout en mouvement.
La mère est à genoux devant lui suppliante.
Au nom de la nature, oh ! rends-moi mon enfant!...
Le lion la regarde et le pose par terre :
Prends ton fruit, lui dit-il, je te le rends sans mal.
Songes qu'à l'innocence on ne fait point la guerre.
Va, les pleurs d'une mère ont touché l'animal.
Penses-tu donc qu'un père aux siens soit sans entrailles?
Mais nous savons aimer, j'ai des yeux pour y voir;
Nous livrons aux méchants nos sanglantes batailles.
Je tenais tes amours, juge de mon pouvoir.
En voyant tes malheurs, cela peut te surprendre,
Dans ma voracité, j'ai maîtrisé ma dent.
Sensible à l'amitié, j'ai voulu te le rendre :
Le lion, tu le vois, sent l'attendrissement.

Pensées Episodiques sur LA TOUR-d'AUVERGNE, fait premier Gre-
nadier de France sur le champ de Bataille, par l'Empereur
NAPOLÉON 1er.

Noble héros de notre armée,
Toujours franchissant les remparts
Cent siècles de renommée
Parleront de nos étendarts...
Toi qui portais notre oriflamme
En montrant partout la valeur,
Jupiter, que la guerre enflamme,
T'ouvrit le chemin de l'honneur.
Pour défendre ta chère France
Tu te couvris de nos lauriers,...
Mars, applaudissant ta vaillance,
Te fit premier des grenadiers.
Que ce titre est digne d'envie,
Que ces hauts faits sont glorieux,
Simple dans ta modeste vie
Propre et toujours victorieux;
Qu'est-ce donc ma faible louange
Pour célébrer tant de combats?
Cherchez-en du Rhin jusqu'au Gange,
Trouverez-vous de ces soldats?...

AUX FUMEURS.

Cultivons notre esprit , qu'il soit poli , liant ,
N'en faisons point parade auprès d'un ignorant.
Ce trésor est sans prix , fécond en jouissances;
Le corps est plus léger, la langue a mille aisances.
On voit l'homme sans fond, ennuyeux, ennuyé ,
Mécontent de lui-même ou dans le vin noyé,
Manger, dormir ou boire, il passe ainsi la vie;
Cette existence est-elle en tout digne d'envie?
Mieux j'aime l'enjouement d'un esprit cultivé :
C'est un talisman; je me sens captivé;
Il charme mes loisirs; non rien n'est plus aimable.
Il est, à mon avis , l'ornement de la table,
Où trop souvent l'orgie et les vapeurs du vin
Mêlent à nos plaisirs les dégoûts du festin.
Heureux si le tabac, digne au plus des ruelles,
Ne vient pas empester le cerveau de nos belles!
Le Français né galant, ne l'est plus en ceci,
S'il contraint le beau sexe à l'endurer ainsi,
S'il fait froncer le nez aux dames à panaches,
Si partout la salive aux robes fait des taches.
Jeune fashionable, on hait votre penchant
D'imposer de la sorte un goût si répugnant ;
Dandys, quittez la pipe ; elle n'est plus de mode,
Si le sexe maudit son ardeur incommode.

PENSÉE SUR TALÈS,

L'un des premiers Astronomes de l'antiquité.

Par une nuit d'automne, en lorgnant des planètes,
Thalès dans un fossé jadis se laissa choir.
(Les savants d'autrefois n'étaient pas grands prophètes
Comme ceux de nos jours qui pensent tout prévoir).
Pourtant, un Grec malin, témoin de l'aventure,
Doucement, en ces mots, soudain l'apostropha :
« Eh quoi ! sage Thalès, orgueil de la nature,
» C'est bien vous que je vois par terre étendu là ?
» Au front du firmament, pourquoi voulez-vous lire,
» Quand vous-même à vos pieds souvent ne voyez pas ?
» Croyez-moi vous avez et beau faire et beau dire :
» Pour comprendre le ciel, l'homme est placé trop bas »

PENSÉE

SUR LA PLACE DE LA CONCORDE,

QUI EST UNE DES PLUS BELLES DU MONDE.

Tout s'abîme ici bas, tout périt à la ronde :
Le Louvre et la Colonne auront le même sort ;
Trois aveugles sans cesse y mèneront le monde :
C'est l'Amour, l'Intérêt et l'affligeante Mort.
L'atôme et l'éléphant ont même destinée ;
L'obélisque à son tour tombera par morceaux ;
Le chêne le plus vert sèche en moins d'une année.
Partout trône Saturne et l'inflexible faux. ..
Naît-il un faible enfant ? là sa douleur commence,
Qu'ils sont loin, les plaisirs, de compenser le mal !...
Si l'Amour, flèche en main, le convie à la danse,
Aussitôt la mort vient pour en fermer le bal.

DISCOURS

Fait pour être prononcé sur la tombe de mon ami CHAPUISAT, mort à 52 ans, subitement et seul dans sa chambre, le 21 octobre 1851. — On le trouva la face contre terre ; il allait se coucher.

Cet honnête et digne ami était né à Aix-la-Chapelle, en Provence. Après bien des vicissitudes, il était devenu teneur de livres de la maison PAULE fils, dont il justifiait la haute confiance par une intégrité et une exactitude éprouvées.

PIÈCE DE VERS

Dédiée à M. **PAULE** fils, bienfaiteur de mon ami M. CHAPUISAT,

Par Lucien CHARBONNEL.

Adieu donc, Chapuisat, au ciel il faut te rendre;
Comme toi, cher ami, la mort nous peut surprendre.
Va, ton âme a les cieux et ton corps le tombeau ;
Dans le divin séjour goûte un plaisir nouveau.
Tu laisses des regrets dans Paris notre ville,
A Paule, à sa maison, à toute sa famille.
Pour toi ma faible muse implorant l'Eternel,
Exauce les souhaits de l'ami Charbonnel.
Tout suivait ton cercueil; tête baissée et nue,
Poussant de longs soupirs pour l'amitié perdue.
Ta voix ne répond plus, mais ton âme m'entend ;
L'amitié qui nous lie avant peu nous attend.
Mais gloire au protecteur qui t'assure une tombe !
Rien de plus à donner au mortel qui succombe.
Quand s'éteint la vertu, long-temps je pleure encor,
L'honneur est, après nous, le plus noble trésor.

DU STYLE ÉPISTOLAIRE.

———————————

Le meilleur moyen pour parvenir à se former à ce genre
d'écrire, c'est de lire sans cesse les sublimes lettres de
Mesdames de Sévigné, de Coulanges, de Simiane, de
Lafayette et de Maintenon ; mais de s'abandonner ensuite
au genre d'esprit qui nous est particulier, sans vouloir,
par un travail recherché, tomber dans l'affectation, sans
forcer notre talent, chercher à les imiter ; c'est le moyen
d'y parvenir, car le style des lettres qui doit toujours être
simple, s'appelle style épistolaire ; il dépend de beaucoup
de choses qu'il est presque de toute impossibilité d'indi-
quer. En général, ce que l'on peut dire de plus, c'est que
les qualités principales de ce style sont l'aisance et le
naturel; car la recherche et l'affectation, et par dessus tout
l'apprêt qui s'aperçoivent, sont toujours un défaut, dans
tous les genres, mais sont encore plus déplacés dans une
lettre que partout ailleurs.

Observons que chez les uns, l'enjouement et la vivacité
sont très-agréables ; chez les autres, la négligence et l'aban-
don ont beaucoup de charmes. Mais quand on écrit dans
le seul dessein de plaire et d'amuser, il faut flatter l'amour-
propre par des compliments délicats, et embellir ce que
l'on dit. On emploie donc, pour y parvenir, les différents
moyens que la nature nous a donnés ; 1° Dans les lettres
qui sont l'expression des sentiments, il ne faut pas chercher à exprimer ce qu'on ne sent pas ; c'est se donner un
ridicule qui n'échappe à personne, en ce qu'on ne fait

jamais bien que ce qui est naturel. Il faut prendre un ton
simple et convenable à la circonstance , jeter sur le papier
ce que l'on éprouve et s'en tenir là ; mais ne pas oublier
que si l'on écrit à des personnes dont le rang et les dignités
commandent le respect , il faut une simplicité élégante et
respectueuse.

M. Suard avait bien étudié Madame de Sévigné quand
il nous dit : « Elle nous amuse et nous intéresse ; le plus
souvent même , elle nous instruit en nous amusant. Son
style est plein de vivacité, d'enjouement et de grâce ; elle
a l'esprit de tous les genres ; raisonneuse ou frivole , sublime ou plaisante ; elle prend tous les tons avec une facilité inconcevable. Son imagination est une glace pure et
brillante où tous les objets vont se reproduire et qui les
réfléchit avec un éclat qu'ils n'avaient pas naturellement. »

Oublierai-je ses deux amies, Mesdames de Coulanges et
de Lafayette, qui ont répandu après elle, dans le peu de
lettres qu'elles nous ont laissées , l'esprit le plus délicat et
le plus aimable que l'on puisse inventer ; mais on retrouve
dans Madame de Simiane beaucoup de la facilité et de
l'enjouement de sa grand-mère.

On aime dans Madame de Maintenon une correction
toujours facile, une noblesse toujours simple ; nous enga-
geons les dames susceptibles de fréquenter la cour , de la
prendre pour modèle plutôt que les autres. Son style est
le véritable porte-respect de son sexe et de la bienséance.
Quelques gens lettrés auraient voulu qu'elle eût plus d'a-
bandon ; cela est à tort, le rang qu'elle occupait à la cour
ne laissait pas à sa plume assez de liberté. Elle avait donc
pris le ton le plus convenable à sa position , quoique ce
genre d'écrire paraisse n'être propre qu'à la délicatesse et à
la légèreté d'esprit des femmes ci-dessus. J.-J. Rousseau ,

dans ses belles lettres, de même que Racine père, dans les
siennes, méritent aussi d'être lus. Si elles n'ont pas la légèreté qui caractérise celles des femmes, on y trouve toujours
un style infiniment pur et un goût fort délicat. Quand on
a quelques relations à faire, on ne saurait trop consulter
sa correspondance avec Boileau. Ses lettres à son fils sont
très-intéressantes ; elles sont pleines de tendresse et d'a-
bandon , et nous montrent l'auteur d'*Athalie* dans l'intérieur de sa famille. La littérature doit savoir gré aux
auteurs dont je viens de parler. Le naturel léger et aimable
de leurs lettres fit disparaître l'enflure de Balzac et l'affectation outrée de Voiture, et il est à remarquer que depuis
que ces femmes savantes ont secoué le joug du mauvais
goût, depuis cette époque, dis-je, ce genre n'a pas cessé
de leur appartenir. Les hommes mêmes les plus lettrés
qui écrivirent le mieux, ne les suivent que de loin. Notre
exactitude est bien éloignée de la facilité, de la délicatesse
et de la négligence heureuse avec laquelle elles sont exprimées. La vivacité de leur esprit et la mobilité de leur
imagination, donnent à toutes leurs lettres et même à leur
conversation un torrent de lumières et un tout qui nous
charment. Je crois que l'homme ne pourra jamais les
atteindre dans ce genre sublime , car il n'a point , comme
elles, cette tendre sensibilité qui est, je crois, le régulateur
de leurs pensées. Il n'est personne qui n'avoue avec plaisir
que ce sont les femmes qui prennent le plus de part à nos
chagrins et qui savent le mieux les adoucir en les parta-
geant. D'après mes observations, il nous est facile de savoir
que Madame de Sévigné a succédé au *bon Lafontaine* dans
le style simple et naïf, et pour en être convaincu, rap-
pelons-nous l'endroit où elle parle à Madame de Grignan
du désespoir de Madame de Longueville , en apprenant la
mort de son fils tué au passage du Rhin.

Pour juger du style épistolaire et pour prouver que ce genre d'écrire n'appartient véritablement qu'à l'esprit fin des femmes, je vais rappeler une lettre de Madame de Sévigné sur la mort de Turenne; cette lettre se trouve partout et l'on n'est jamais fâché de la relire. J'en reproduirai d'autres qui datent de la plus haute antiquité, de Théano, femme de Pythagore; elle parle comme la plus tendre des mères; son langage est celui de la plus belle philosophie.

De même que la lettre de Mya à Philis, qui nous fait connaître tous les soins que les mères apportaient, il y a trois mille ans, dans la première nourriture de leurs enfants; je pense que nos dames d'aujourd'hui seront étonnées avec raison que la pythagoricienne Mya ne conseille pas à Philis, son amie, de nourrir elle-même son enfant.

LETTRE PREMIÈRE.

De Mya à Philis.

Chère Philis, vous allez devenir mère : votre premier devoir est de vous occuper du choix d'une nourrice. Qu'elle ait assez d'empire sur elle-même pour se refuser constamment aux caresses de son mari; qu'elle soit propre et modeste; qu'elle n'ait ni la passion du vin, ni l'amour du sommeil; que son lait soit pur et nourrissant. Du choix que vous allez faire dépend la vie entière d'un enfant chéri.

Tous les instants d'une bonne nourrice doivent être partagés entre ses devoirs. Elle doit consulter la prudence et non sa fantaisie, son caprice, pour présenter le sein au nourrisson. C'est ainsi qu'elle lui fortifiera la santé. Il n'est pas moins nécessaire qu'elle attende pour se livrer au sommeil que l'enfant lui-même ait envie de se reposer.

Prenez garde qu'elle ne soit d'une humeur colérique; je

n'apprendrais pas non plus avec plaisir qu'elle fût bègue;
tâchez même qu'elle soit née dans la Grèce, de peur que,
par imitation, votre enfant ne contracte un accent vicieux.
Surtout qu'elle soit prudente dans le choix de ses aliments,
et qu'elle ne prenne même de nourriture saine qu'avec
une juste réserve.

Il est bon de laisser dormir les enfants après qu'ils se
sont bien nourris de lait : ce repos agréable et qu'exige
leur faiblesse, rend leur digestion plus facile. S'il faut
absolument leur donner quelqu'autre nourriture que le lait
de leur nourrice, n'oubliez pas qu'elle doit être simple et
légère. Je crois que le vin est une boisson trop forte pour
eux; si vous ne le leur refusez pas entièrement, qu'il soit
du moins assez trempé pour approcher de la douceur du
lait.

Je ne conseillerai pas de les baigner tous les jours; il
suffit qu'ils prennent des bains de temps en temps, et il
est essentiel de bien ménager la température. N'étudiez pas
avec moins d'attention celle de l'air que respirera votre
enfant : qu'il n'éprouve ni une trop grande chaleur ni un
froid trop rigoureux. Sa chambre ne doit être ni trop close
ni trop exposée au vent. L'eau qu'il boira, ni trop légère
ni trop pesante. Ne lui donnez pas des langes trop rudes ;
qu'ils aient assez d'ampleur pour l'envelopper, trop peu
pour l'incommoder. La nature doit être votre règle; elle
demande que ses besoins soient satisfaits; elle ne veut pas
de magnificence.

J'ai cru devoir, dès à présent, vous donner ces conseils
pour la nourriture de votre enfant; j'espère vous entretenir
quelque jour de son éducation.

7

LETTRE DEUXIÈME.

De Théano à Eubule.

Théano à Eubule, salut. J'apprends que vous élevez vos enfants avec trop de délicatesse. Le devoir d'une mère n'est pas de préparer ses fils à la volupté, mais de les former à la tempérance. En voulant remplir auprès des vôtres le devoir d'une tendre mère, tremblez de jouer le rôle d'un flatteur dangereux.

Vous entretenez leur enfance dans la mollesse, et vous croyez qu'ils auront un jour la force d'y renoncer! Vous leur faites prendre l'habitude des plaisirs et vous vous flattez qu'ils leur préféreront un jour les fatigues! Ah! ma chère Eubule, vous croyez les élever et vous ne faites que les corrompre.

Et ne dites pas que j'exagère. Connaissez-vous donc une plus funeste corruption que de disposer de jeunes cœurs à la volupté, de jeunes corps à la délicatesse ; que de détruire l'énergie des âmes, de briser toutes les forces des corps et de les rendre incapables de résister aux plus faibles travaux? Quoi! ce ne sera pas corrompre les enfants que d'en faire des esprits timides et des masses inactives?... Craignez également de voir vos élèves se refuser au travail et se plonger dans les plaisirs. Que le beau seul ait des charmes pour eux ; qu'ils frémissent d'horreur à la seule pensée du vice. Voulez-vous donc en faire des débauchés, des dissipateurs, des hommes inutiles que des bagatelles pourront seules occuper? Que l'habitude leur apprenne à braver les peines et les dangers. Un jour ils seront soumis aux fatigues, ils connaîtront un jour la douleur. Craignez-vous qu'ils n'en deviennent les esclaves? Préparez-les à n'être pas vaincus par elle. A leur âge, rien n'est indifférent. Ne leur permettez pas de tout dire, ne les abandonnez pas indifféremment à tous leurs goûts.

J'ai peine à croire ce qu'on me dit. On m'assure que vous frémissez quand ils pleurent, que votre principale étude est de les faire rire ; que vous avez la faiblesse de rire vous-même quand ils vous insultent, vous leur mère, et quand ils battent leur nourrice. J'apprends aussi que vous êtes tout occupée à leur procurer de la fraîcheur en été et de la chaleur en hiver. Quelque chose peut-il flatter leurs caprices, vous êtes là toute prête à les satisfaire, à les prévenir : ils n'ont pas le temps de désirer. Est-ce ainsi qu'on élève les enfants des pauvres ? On ne les nourrit pas si délicatement ; ils n'en croissent que mieux ; ils n'en sont que mieux constitués.

Voulez-vous élever une race de Sardanapales ? et détruire dans sa naissance la mâle vigueur de votre postérité ? Dites-moi donc, ma chère Eubule, que prétendez-vous faire d'un enfant qui se met à pleurer si l'on tarde un instant à lui donner à manger ; qui refuse de se nourrir si on ne lui présente pas les mets les plus friands ; qui tombe dans la langueur dès qu'il a chaud ; qui grelotte au moindre froid ; qui se fâche si on le reprend ; qui s'emporte dès qu'on manque à deviner ses fantaisies ; qui s'abandonne à la mollesse et ne contracte que des habitudes efféminées ?

Soyez bien persuadée qu'une éducation voluptueuse ne produira jamais qu'un esclave. Eloignez de vos enfants la délicatesse, si vous voulez en faire des hommes : que leur éducation soit austère, qu'ils supportent le froid et le chaud, la soif et la faim ; qu'ils aient des égards, de la complaisance pour leurs égaux, du respect pour leurs supérieurs ; c'est ainsi que vous leur imprimerez pour toujours le caractère de l'honnêteté.

Croyez-moi, les peines, les travaux sont des préparations nécessaires à leur âge pour recevoir plus aisément ensuite la nature de la vertu. La vigne qu'on néglige de cultiver ne donne pas de fruits. Craignez que de même un jour vos enfants, dégradés par le vice de leur éducation, ne deviennent inutiles au monde.

LETTRE TROISIÈME.

De la pythagoricienne Mélisse à Cléarète.

On voit que la nature elle-même a placé dans votre cœur le goût de la vertu. Dans l'âge où vos semblables ne sont occupés que du soin de leur parure, vous êtes assez indifférente sur la vôtre pour la soumettre à mes conseils; c'est nous faire connaître, dès l'aurore de votre vie, qu'elle sera consacrée tout entière à la sagesse.

Une femme honnête et sage doit toujours dans sa parure consulter la modestie, négliger la magnificence; elle recherche dans ses vêtements la plus grande propreté, la plus sévère décence : elle en rejette tous ces ornements superflus inventés par le luxe, désavoués par la nature. Laissons aux courtisannes ces brillantes robes de pourpre relevées par l'éclat de l'or. Ce sont les instruments de leur vil métier. Ce sont les filets où elles prennent leurs amants.

Une femme qui ne veut plaire qu'à son époux, trouve sa parure dans sa vertu et non sur sa toilette : elle ne cherche point à réunir, à captiver les suffrages offensants des étrangers. L'attrait de la sagesse et de la modestie lui prête bien plus de charmes que l'or et les émeraudes; son fard est la rougeur aimable de la pudeur; ses soins économiques, son attention de plaire à son mari, sa complaisance, sa douceur, telles sont les parures qui relèvent sa beauté.

Une femme estimable regarde comme une loi sacrée la
volonté de son époux ; elle lui apporte une riche dot : sa
volonté et sa soumission ; car les richesses et la beauté de
l'âme sont bien préférables à des charmes qui seront bientôt flétris et aux présents trompeurs et passagers de la fortune. Une maladie efface la beauté des traits, celle de l'âme
dure autant que la vie.

QUATRIÈME LETTRE.

(*) De Théano à Nicostrate son amie.

On ne m'a pas dissimulé, ma chère Nicostrate, l'égare-
ment de votre mari. Le voilà donc amoureux d'une courtisane, et vous voilà jalouse. Je connais bien des hommes
attaqués du même mal. Ces femmes-là ont un art tout
particulier pour les prendre dans leurs filets, pour les y
retenir, pour leur faire tourner la tête. La vôtre n'est pas
en meilleur état : vous vous tourmentez nuit et jour, vous
vous laissez dévorer par le chagrin, vous n'êtes occupée
que de projets de vengeance. Prenez-y garde, ma chère
Nicostrate, vous prenez un mauvais parti. La vertu d'une
femme n'est pas d'être la gardienne, c'est d'être la compagne de son époux ; et une compagne fidèle doit supporter même la démence du compagnon de son sort. Il
cherche le plaisir dans les bras d'une maîtresse, mais,
après l'accès de son délire, c'est auprès de sa femme qu'il
cherchera son amie. Surtout n'allez pas aggraver un mal
par d'autres maux, ni une folie par une folie plus grande.
Le feu qu'on ne souffle pas s'éteint de lui-même : c'est
l'image des passions. Voulez-vous les combattre ? elles s'ir-
ritent ; ne les remarquez-vous pas, elles s'apaisent.

(*) Théano était, comme nous l'avons dit, femme de Pythagore :
elle a laissé quelques écrits comme auteur.

Connaissez-vous bien toute votre imprudence ? Votre mari cherche à vous cacher l'outrage qu'il vous fait, et vous avez la maladresse de vouloir l'en convaincre ! Eh ! ne sentez-vous pas que vous arrachez le voile, et qu'il ne se gênera plus pour vous offenser ouvertement ? Ne fondez pas votre amour sur ses caresses, mais sur sa probité : c'est elle qui fait le charme de l'union conjugale. L'attrait du plaisir le met aux genoux d'une courtisane, mais quand il revient à vous, c'est la compagne de sa vie qu'il cherche et qu'il aime à retrouver. Sa raison vous aime ; ce n'est que sa passion qui l'entraîne dans les bras de votre rivale. Mais les passions sont de courte durée, bientôt la satiété les suit : un instant les enflamme, un instant les éteint.

A moins qu'un homme ne soit entièrement dissolu, il ne conserve pas un long attachement pour une femme méprisable. Bientôt il renonce à de coupables plaisirs qui coûtent toujours bien cher. Votre mari ne tardera pas à sentir qu'il se nuit à lui-même, qu'il se ruine, qu'il risque sa réputation. Il reconnaîtra ses torts et ses dangers ; les droits de son épouse le rappelleront vers elle : alors il saura vous apprécier ; il ne pourra supporter la honte de sa conduite, et vous le retrouverez repentant et digne de votre amour.

Mais surtout, ma chère Nicostrate, laissez aux courtisannes un art qui leur convient. La modestie, la fidélité, le soin de sa famille, sa tendresse pour ses enfants, ses égards pour les amis de son époux ; voilà tout le manège d'une femme honnête.

Elle doit rougir de manifester sa jalousie contre une courtisane. Une émulation plus noble est seule digne d'elle ; qu'elle combatte de vertu avec les femmes les plus

vertueuses. Ne conservez pas un funeste ressentiment ;
montrez-vous toujours prête à la réconciliation. Songez
que les bonnes mœurs nous concilient la bienveillance
même de nos ennemis. Elles seules nous honorent, seules
elles nous rendent plus fortes même que nos époux, et
nous donnent sur eux un ascendant invincible. Choisissez
des deux parties : ou forcez votre époux à vous révérer, ou
consentez à servir humblement votre mari.

Il vous reste un moyen de lui reprocher sa conduite, et
ce moyen c'est votre vertu. C'est par elle que vous le ferez
rougir ; c'est par elle que vous devez le presser d'obtenir
de vous son pardon. Il vous en aimera d'avantage, quand
il sentira toute son injustice, combien était grande la perte
qu'il risquait de faire lui-même, en renonçant à votre
tendresse.

C'est par la maladie que l'on sent mieux tout le prix de
lasanté : de même les différends des gens qui s'aiment,
répandent les charmes les plus doux sur leur réconciliation.

Ne voulez-vous pas m'écouter ? Eh bien ! livrez-vous donc
à toute l'impétuosité de votre jalousie. L'esprit de votre
mari est malade ; montrez que le vôtre n'est pas plus sain :
il risque sa réputation, perdez la vôtre ; il néglige sa fortune, aidez à la renverser. Punissez-vous en croyant le
punir, ou bien abandonez-le ; faites divorce, jetez-vous dans
les bras d'un autre époux qui vous sera de même infidèle
et que vous abandonnerez de même. Non, ma chère
Nicostrate, ne vous livrez pas à ces excès ; dissimulez les
peines de votre cœur, souffrez-les avec patience ; c'est le
moyen de les voir plus tôt finir. »

Le style de Théano ne se rapproche-t-il pas de celui de
Madame de Sévigné, malgré un laps de plus de trois mille

ans qui les sépare? Ecoutez maintenant cette dernière;
mais avant il est bon de faire observer qu'il y a deux
espèces de style simple. Remarquez que dans l'un toutes
les pensées sont exprimées de la manière la plus simple,
c'est-à-dire que rien n'y brille; mais l'autre est celui de
toutes les compositions où l'imagination peut s'abandonner à sa vivacité. Certes on peut y répandre des ornements,
pourvu qu'ils soient placés avec beaucoup de goût et de
grâce, et soutenu par une facilité qui les laisse à peine
apercevoir.

Voici trois lettres qui sont du style dont j'ai parlé.

LETTRE CINQUIÈME.

Madame de Sévigné à Madame de Grignan.

A Paris, Mercredi 28 août, 1675.

Vraiment, ma fille, je m'en vais bien vous parler encore
de Monsieur de Turenne. Madame d'Elbeuf me pria hier de
dîner avec elle afin de parler de son affliction. Madame de
Lafayette y était : nous fîmes bien précisément ce que nous
avions résolu; les yeux ne nous cherchèrent pas. Madame d'Elbeuf avait un portrait divinement bien fait de
ce héros dont tout le train était arrivé à onze heures. Ces
pauvres gens, déjà tout habillés de deuil, ne faisaient que
pleurer; il y avait trois gentils-hommes qui pensèrent
mourir de voir ce portrait; c'étaient des cris qui faisaient
fendre le cœur; ils ne pouvaient prononcer une parole;
ses valets de chambre, ses laquais, ses pages et ses trom-
pettes, tout était fondu en larmes et faisait fondre les
autres. Le premier qui fut en état de parler, répondit à
nos tristes questions : nous nous fîmes raconter sa mort.

« Il monta à cheval le jeudi à deux heures après avoir

mangé, et comme il y avait bien des gens avec lui , il les
laissa tous à trente pas de la hauteur où il voulait aller et dit
au petit d'Elbeuf : « Mon neveu , demeurez là , vous ne
faites que tourner autour de moi , vous me feriez reconnaître. Monsieur d'Hamilton qui se trouva près de l'endroit
où il allait, lui dit : « Monsieur, venez par-ici, on tirera du
côté où vous allez. » — « Monsieur, lui dit-il, vous avez raison , je ne veux point du tout être tué aujourd'hui ; celà
sera le mieux du monde. » Il eut à peine tourné son cheval,
qu'il aperçut St-Hilaire, le chapeau à la main, qui lui dit :
« Monsieur, jetez les yeux sur cette batterie que je viens
de faire placer là. » Monsieur de Turenne revient, et dans
l'instant, sans être arrêté, il eut le corps et le bras fracassés
du même coup qui emporta le bras et la main qui tenait
le chapeau de St-Hilaire. Ce gentilhomme qui le regardait
toujours ne le voit point tomber ; le cheval l'emporte où il
avait laissé le petit d'Elbeuf ; il était penché le nez sur l'ar-
çon. Dans ce moment le cheval s'arrête ; le héros tombe
entre les bras de ses gens ; il ouvre deux fois de grands
yeux et la bouche , et demeure tranquille pour jamais.
Songez qu'il était mort et qu'il avait une partie du cœur
emporté.

On crie , on pleure : Monsieur d'Hamilton fait cesser ce
bruit et ôter le petit d'Elbeuf qui s'était jeté sur le corps,
qui ne voulait pas le quitter et qui se pâmait de crier. On
couvre le corps d'un manteau , on le porte dans une haie,
on le garde à petit bruit. Un carrosse vient , on l'emporte
dans sa tente : ce fut là où M. de Lorges, M. de Roye et
beaucoup d'autres pensèrent mourir de douleur. Mais il
fallut se faire violence et songer aux grandes affaires que
l'on avait sur les bras.

On lui a fait un service militaire dans le camp où les

larmes et les cris faisaient le véritable deuil : tous les offi-
ciers avaient pourtant des écharpes de crêpe ; tous les
tambours en étaient couverts ; ils ne battaient qu'un coup ;
les piques traînantes et les mousquets renversés : mais ces
cris de toute une armée ne peuvent pas se représenter sans
que l'on n'en soit ému. Ces deux neveux étaient à cette
pompe dans l'état que vous pouvez penser. M. de Roye,
tout blessé, s'y fit porter, car cette messe ne fut dite que
quand ils eurent passé le Rhin. Je pense que le pauvre che-
valier de Grignan était bien abîmé de douleur. Quand ce
corps a quitté son armée, ça a encore été une désolation,
et partout où il a passé on n'entendait que des clameurs,
Mais à Langres il se sont surpassés : ils allèrent au-devant
de lui en habit de deuil, au nombre de plus de deux cents
suivis du peuple ; tout le clergé en cérémonie. Il y eut un
service solennel dans la ville ; en un moment ils se coti-
sèrent tous pour cette dépense qui monte à 5,000 francs,
parce qu'ils reconduisirent le corps jusqu'à la première
ville et voulurent défrayer tout le train. Que dites-vous de
ces marques naturelles d'une affection fondée sur un mérite extraordinaire ? Il arrive à St-Denis ce soir ; tous les
gens l'allèrent reprendre à deux lieues d'ici. Il sera dans une
chapelle en dépôt ; on lui fera un service à Saint-Denis, en
attendant celui de Notre-Dame qui sera solennel.

Ne craignez pas que son souvenir soit déjà fini dans
ce pays-ci : ce fleuve qui entraîne tout, n'entraînera pas
une telle mémoire ; elle est consacrée à l'immortalité.
Chacun conte l'innocence de ses mœurs, la pureté de ses
intentions, son humilité éloignée de toute sorte d'affectation ; la solide gloire dont il était plein sans faste et sans
ostentation, aimant la vertu pour elle-même, sans se soucier

de l'approbation des hommes, une charité généreuse et chrétienne (*).

Il faut en convenir, l'éloge de ce héros par Fléchier, il est vrai, mérite toute la réputation de l'une de nos plus belles oraisons funèbres dont l'exorde est, d'après M. de La Harpe, un chef-d'œuvre, et pourtant une simple lettre de Madame de Sévigné fait plus aimer M. de Turenne, et nous donne une plus grande idée de sa perte par le tableau de la désolation de l'armée et de tout le pays.

Voici encore une lettre d'un autre auteur, par Madame de Lafayette, toujours dans le style simple, car c'est le plus difficile à bien saisir; j'en pourrais citer aussi de Madame de Maintenon et de Madame de Montespan, qui n'en sont pas moins curieuses dans ce genre.

SIXIÈME LETTRE.

Madame de Lafayette à Madame de Sévigné.

Voici ce que j'ai fait depuis que je ne vous ai écrit: j'ai eu deux accès de fièvre; il y a six mois que je n'ai été purgée; on me purge une fois, on me purge deux; le lendemain de la deuxième, je me mets à table. Ah! ah! j'ai mal au cœur, je ne veux point de potage : mangez donc un peu de viande. — Non, je ne saurais, je mangerai tantôt : que l'on m'ait ce soir un potage et un poulet.

Voici le soir : voilà un potage et un poulet; je n'en veux point; je suis dégoûtée, je m'en vais me coucher; j'aime mieux dormir que de manger. Je me couche, je me tourne, je me retourne; je n'ai point de mal, mais je n'ai point de sommeil aussi. J'appelle, je prends un livre, je le re-

---

(*) Le Maréchal fut enterré au caveau des Rois à St-Denis.

ferme. Le jour vient, je me lève, je vais à la fenêtre : quatre heures sonnent, cinq heures, six heures ; je me recouche ; je m'endors jusqu'à sept, je me lève à huit ; je me mets à table à douze. Inutilement, comme la veille, je me remets dans mon lit le soir inutilement comme l'autre nuit. Êtes-vous malade ? nenni. Êtes-vous plus faible ? nenni. Je suis dans cet état trois jours et trois nuits. Je redors présentement, mais je ne mange encore que par machine comme les chevaux, en me frottant la bouche de vinaigre : du reste, je me porte bien, et je n'ai pas même si mal à la tête.

Il ne faudrait pas faire un fréquent usage de ce style coupé, parce qu'il fatiguerait promptement, et puis, quoique très naturel, il est un peu trop familier.

SEPTIÈME LETTRE.

Madame de Sévigné à Madame de Grignan,

Sur le désespoir de Madame de Longuevile, en apprenant la mort de son fils tué au passage du Rhin.

Madame de Longueville fait fendre le cœur. On alla quérir Mademoiselle de Vertus pour dire cette terrible nouvelle. Elle n'avait qu'à se montrer ; ce retour si précipité marquait bien quelque chose de funeste. En effet, dès qu'elle parut : « Ah ! Mademoiselle, comment se porte monsieur votre frère ? Sa pensée n'osa aller plus loin. — Madame, il se porte bien de sa blessure. — Et mon fils ? on ne lui répondit rien. — Ah ! mademoiselle, mon cher enfant ! répondez-moi, est-il mort sur-le-champ ? n'a-t-il pas eu un seul moment ? Ah ! mon Dieu, quel sacrifice ! » et là-dessus elle tombe sur son lit, et tout ce que la plus vive douleur peut faire, et par des convulsions, et par un silence mortel et par des cris étouffés et par des larmes amères, et par des élans vers le ciel, et par des plaintes tendres et pitoyables, elle a tout éprouvé. Je lui souhaite la mort, ne comprenant pas qu'elle puisse vivre après une telle perte. »

Cette lettre est une de celles qui prouvent que madame de Sévigné n'a pas moins de talent pour peindre les scènes les plus tristes, que pour raconter les aventures plaisantes. Mais pour donner à mes lecteurs des exemples de la seconde espèce de style simple, voici encore une de ses jolies lettres adressée à M le duc de Thaulnes.

HUITIÈME LETTRE.

Madame de Sévigné à M. le duc de Thaulnes.

Mais mon Dieu! quel homme vous êtes, mon cher gouverneur! On ne pourra plus vivre avec vous; vous êtes d'une difficulté pour le pas qui nous jettera dans de grands embarras. Quelle peine ne donnâtes-vous point l'autre jour à ce pauvre ambassadeur d'Espagne? Pensez-vous que ce soit une chose bien agréable de reculer tout le long d'une rue? Et quelle tracasserie faites-vous encore à celui de l'Empereur sur les franchises? Ce pauvre sbire si bien épousseté en est une belle marque; enfin, vous êtes devenu tellement pointilleux, que toute l'Europe songera à deux fois comment elle devra se conduire avec votre excellence. Si vous apportez cette humeur, nous ne vous reconnaîtrons plus.

Parlons maintenant de la plus grande affaire qui soit à la cour. Votre imagination va tout droit à de nouvelles découvertes. Vous croyez que le roi, non content de Mons et de Nice, veut encore le siége de Namur? Point du tout; c'est une chose qui a donné trop de peine à Sa Majesté,

et qui lui a coûté plus de temps que ses dernières con-
quêtes; c'est la défaite de Fontanges à plate couture : plus
de coiffures élevées jusqu'aux nues, plus de casques, plus
de bourgognes, plus de jardinières : les princesses ont
paru de trois quartiers moins hautes qu'à l'ordinaire. On
fait usage de ses cheveux comme on faisait il y a dix ans.
Ce changement a fait un bruit et une discorde à Versailles
qu'on ne saurait vous représenter. Chacun raisonnait à
fond sur cette matière, et c'était l'affaire de tout le monde.
On nous assure que M. de Langlée a fait un traité sur ce
changement, pour envoyer dans les provinces. Dès que
nous l'aurons, nous ne manquerons pas de vous l'envoyer,
et cependant je baise très humblement les mains de votre
excellence.

NEUVIÈME LETTRE.

Racine père à M. Levasseur (*).

Ussès, 26 décembre 1661.

Dieu merci! voici de vos lettres. Que vous êtes devenu
grand ménager! J'ai vu que vous étiez libéral, et il ne se
passait guères de semaine, lorsque vous étiez à Bourbon,
que vous ne m'écrivissiez une fois ou deux, et non-seule-
ment à moi, mais à des gens à qui vous n'aviez presque
jamais parlé, tant les lettres vous coûtaient peu. Maintenant, elles sont plus clair-semées, et c'est beaucoup d'en
recevoir une en deux mois. J'étais très en peine de ce
changement, et j'enrageais de voir qu'une si belle amitié
se fût ainsi évanouie. *En dextrâ fidesque* (**)! m'écriai-je.

_____

(*) Ami intime de Racine.
(**) Citation de Virgile : Voilà donc la promesse et les serments.

E'l cor pien di sospir parea un mongibello (*), lorsque,
heureusement, votre lettre m'est venue tirer de toutes ces
inquiétudes, et m'a appris que la raison pourquoi vous ne
m'écriviez pas, c'est que mes lettres étaient trop belles.
Qu'à cela ne tienne, Monsieur, il me sera fort aisé d'y re-
médier, et il m'est si naturel de faire de méchantes lettres,
que j'espère venir à bout de n'en faire pas de trop belles.
Vous n'aurez pas sujet de vous plaindre à l'avenir, et j'attends dès à présent des réponses par tous les ordinaires.
Mais parlons plus sérieusement : avouez que tout au con-
traire vous croyez les vôtres trop belles pour être si facile-
ment communiquées à de pauvres provinciaux comme
nous. Vous avez raison, sans doute, et c'est ce qui me
fâche le plus, car il ne vous est pas aisé, comme à moi, de
faire de mauvaises lettres, et ainsi je suis fort en danger de
n'en guère recevoir.

Après tout, si vous saviez la manière dont je les reçois,
vous verriez qu'elles ne sont pas profanées pour tomber
entre mes mains ; car, outre que je les reçois avec toute la
vénération que méritent les belles choses, c'est qu'elles ne
me demeurent pas long-temps, et elles ont le vice dont
vous accusez les miennes injustement, qui est de courir les
rues, et vous diriez qu'en venant en Languedoc, elles se
veulent accommoder à l'air du pays ; elles se communiquent à tout le monde et ne craignent pas la médisance;
aussi savent-elles bien qu'elles en sont à couvert. Chacun
les veut voir et on ne les lit pas tant pour apprendre des
nouvelles, que pour voir la façon dont vous les savez dé-
biter.

(*) Citation du Tasse : Son cœur gros de soupirs paraissait un
volcan.

Continuez donc, s'il vous plaît, ou plutôt commencez tout de bon à m'écrire, quand ce ne serait que par charité. Je suis en danger d'oublier bientôt le peu de français que je sais ; je le désapprends tous les jours, et je ne parle tantôt plus que le langage de ce pays, qui est aussi peu français que le bas-breton. J'ai cru qu'Ovide vous ferait pitié quand vous songerez qu'un si galant homme que lui, était obligé de parler scythe, lorsqu'il était relégué parmi ces barbares ; cependant, il s'en faut beaucoup qu'il fût si à plaindre que moi. Ovide possédait si bien toute l'élégance romaine qu'il ne la pouvait jamais oublier ; et quand il serait revenu à Rome, après un exil de vingt années, il aurait toujours fait taire les plus beaux esprits de la cour d'Auguste ; au lieu que, n'ayant qu'une petite teinture du bon français, je suis en danger de tout perdre en moins de six mois, et de n'être plus intelligible si jamais je reviens à Paris. Quel plaisir auriez-vous quand je serais devenu le plus grand paysan du monde? Vous ferez bien mieux de m'entretenir un peu dans le langage qu'on parle à Paris. Vos lettres me tiendront lieu de livre et d'académie.

Je salue M. L'Avocat, et je diffère de lui écrire afin de laisser un peu passer ce reste de mauvaise humeur que sa maladie lui a laissée, et qui lui ferait peut-être maltraiter les lettres que je lui enverrais. Il n'y a point de plaisir à écrire à des gens qui sont encore dans les remèdes ; c'est trop exposer des lettres. Je salue très humblement toute votre maison.

Nous savons la naissance du Dauphin : j'aurais peut-être chanté quelque chose de nouveau sur cette matière si j'eusse été à Paris ; mais je n'ai pu chanter que le *Te Deum*. « Mandez-moi, s'il vous plaît, qui aura le mieux réussi de tous les chantres du Parnasse. Je ne doute pas qu'ils n'emploient tout le crédit qu'ils ont auprès des muses pour en recevoir de belles et magnifiques inspirations. Si elles continuent à vous favoriser, comme elles avaient fait à Bourbon, faites quelque chose. »

Ce jeu de mots qui se trouve à la fin a quelque chose de sublime par sa simplicité.

Je crois que La Fontaine et madame de Sévigné sont les deux auteurs les plus difficiles à atteindre, puisqu'ils possèdent le véritable style simple ou naïf que je suppose plus difficile à attrapper que le style sublime et le style tempéré.

AUTRE NUANCE DE STYLE SIMPLE

Auquel on a donné le nom de Style naïf (*)

Je veux citer un passage des *Caractères de La Bruyère* (ch. II).

« Le fleuriste a un jardin dans un faubourg, il y court au lever du soleil, il en revient à son coucher. Vous le voyez planté et qui a pris racine au milieu de ses tulipes et devant la *Solitaire* : il ouvre de grands yeux, il frotte ses mains, il se baisse, il la voit de plus près, il ne l'a jamais vue si belle, il a le cœur épanoui de joie ; il la quitte pour l'*Orientale* ; de là il va à la *Veuve* ; il passe au *Drap-d'or*, de celle-ci à l'*Agathe* ; d'où il revient enfin à la *Solitaire*, où il se fixe, où il se lasse, où il s'assied, où il oublie de dîner ; aussi est-elle nuancée, bordée, huilée, à pièces emportées ; elle a un beau vase ou un beau calice : il la contemple, il l'admire : Dieu et la nature sont en tout cela ce qu'il n'admire point ; il ne va pas plus loin que l'oignon de sa tulipe, qu'il ne livrerait pas pour mille écus, et qu'il donnera pour rien quand les tulipes seront négligées et que les œillets auront prévalu. Cet homme raisonnable, qui a une âme, qui a un culte et une religion, revient chez soi fatigué, affamé, mais fort content de sa journée : il a vu des tulipes. »

(*) On nous excusera nos répétitions sur le style simple.

La naïveté est l'expression la plus simple et la plus naturelle d'une idée. La Fontaine, par exemple, est naïf dans ses fables, parce que les personnages qu'il met en scène, tiennent un langage qui convient si bien à leur caractère et aux rôles qu'ils jouent, que le poëte ne paraît jamais.

Ainsi donc Madame de Sévigné et Monsieur La Bruyère se rapprochent le plus du *bon La Fontaine.*

Écoutons La Bruyère dans ses *Caractères* du morceau cité ci-dessus, sans parler de l'effet produit par ces derniers mots : « Il a vu des tulipes » rejetés à la fin du portrait, et placé avec tant d'art à côté de toutes les idées qui rappellent la dignité de l'homme ; quelle précision, quelle énergie dans les expressions : « Vous le voyez planté et qui a pris racine... » Le fleuriste n'est plus alors qu'un arbre de son jardin. »

Il ne faut pas confondre la précision avec la concision. Cette seconde qualité consiste à rendre ses idées avec le moins de mots qu'il est possible. *(Exemple.)* Henri IV encourageant ses soldats avant la bataille d'Ivry, se contente de dire : « Enfants, je suis votre roi ; vous êtes Français, voilà l'ennemi : *donnons !* »

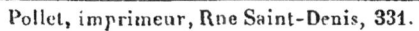

Pollet, imprimeur, Rue Saint-Denis, 331.

TABLE DES MATIÈRES.

www.ingramcontent.com/pod-product-compliance
Lightning Source LLC
Chambersburg PA
CBHW060826250626
47162CB00005B/1959